ANGE ?
ZUT...
C'EST VIDE.
ELLE DORT ENCORE...
ANGE !

ERIO AND THE ELECTRIC DOLL

CHAPITRE 1 • *L'ange mécanique*

ERIO AND THE ELECTRIC DOLL

SCÉNARIO • SHIMAZAKI MUJIRUSHI | DESSIN • KUROIMORI

SOMMAIRE

MANGETSU

ANGE ?
IL FAUT QU'ON TROUVE À MANGER POUR LE PETIT-DÉJEUNER !

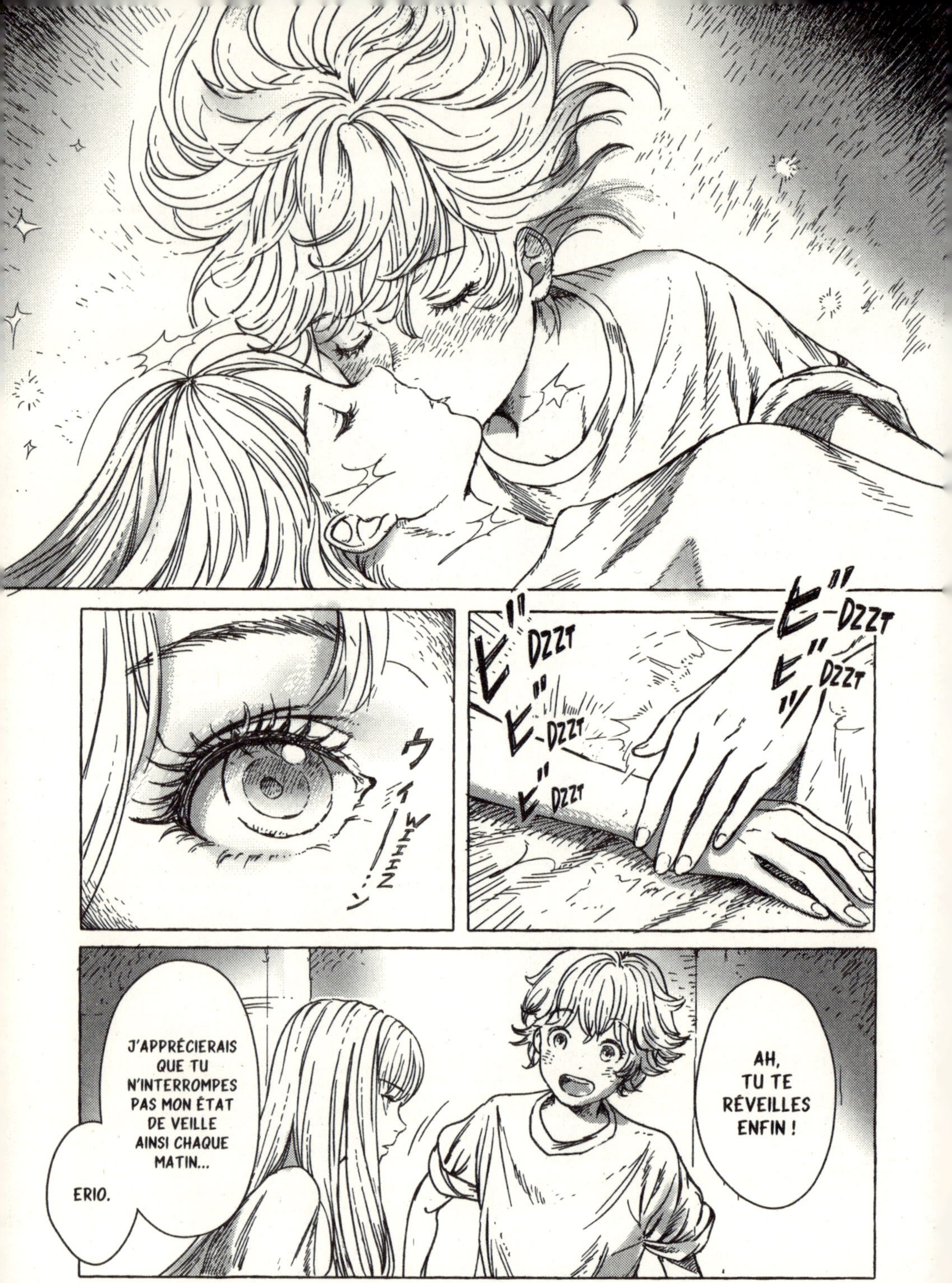

DZZT
DZZT
DZZT
DZZT
DZZT
WIIIZ
AH, TU TE RÉVEILLES ENFIN !
J'APPRÉCIERAIS QUE TU N'INTERROMPES PAS MON ÉTAT DE VEILLE AINSI CHAQUE MATIN...
ERIO.

DIS DONC, TU POURRAIS ME REMERCIER !
GZZT
SI JE N'ÉTAIS PAS CAPABLE DE PRODUIRE DE L'ÉLECTRICITÉ, TU NE POURRAIS PAS TE RÉVEILLER, JE TE RAPPELLE !
OUI, JE SAIS CE QUE JE TE DOIS.
GZZT
NÉANMOINS, CELA FAIT LONGTEMPS QUE JE VOULAIS TE DEMANDER...
SI ON NE POUVAIT PAS TROUVER UNE AUTRE MÉTHODE POUR ME RECHARGER.
À QUOI BON ?
EH BIEN, TU N'EN AS PEUT-ÊTRE PAS CONSCIENCE, MAIS...
CHEZ LES HUMAINS, CE TYPE DE CONTACT EST RÉSERVÉ AUX PERSONNES QUI S'AIMENT. C'EST LA PLUS HAUTE FORME D'EXPRESSION DU SENTIMENT AMOUREUX.

OH, MAIS JE LE SAIS TRÈS BIEN.
C'EST JUSTEMENT POUR ÇA QUE JE LE FAIS !
QUOI ? TU NE M'AIMES PAS, TOI ?
NON.
MAIS ÇA FAIT DIX ANS QU'ON VIT ENSEMBLE !
QUAND JE T'AI TROUVÉE, LA GUERRE VENAIT TOUT JUSTE DE S'ACHEVER ET JE N'AI PAS EU LE TEMPS DE ME DÉBARASSER DE TOI, VOILÀ TOUT.
TU N'AS PAS DE CŒUR, ANGE !
C'EST EXACT.

TOUT DE MÊME... DIX ANS...
C'EST PAS RIEN !
TU AS TELLEMENT GRANDI... TU ME DÉPASSES, MAINTENANT !
EH OUI ! J'SUIS EN PLEINE CROISSANCE !
QUAND JE PENSE À NOTRE PREMIÈRE RENCONTRE... TU N'ÉTAIS ENCORE QU'UN PETIT DÉTRITUS AMBULANT.
MAIS ÇA SE DIT PAS, ÇA !

AOW キョー
AOW キョー
AOW キョー
AOW キョー
FSHHHH ザザザ
MIAW ニャー
OH, C'EST TOI, BOSS ?

ペタッ
TIP
TU AS FAIM ?
ATTENDS UN PEU.
MIAOW
ニャー
ビッ
DZZT
ZRASH
シュッ
トン
POC
TIENS !

MIAOW
ニャ
POURQUOI TU NE MANGES RIEN, EN CE MOMENT ?
TU NE DEVRAIS PAS RESTER LE VENTRE VIDE, SI TU VEUX REPRENDRE DU POIL DE LA BÊTE !
AUTREFOIS, TU NE TE GÊNAIS PAS POUR CHIPER NOS POISSONS !
Hé !
LES VISCÈRES DE CE CHAT SONT HORS D'USAGE.
C'EST SANS DOUTE UN CANCER.

IL N'EN A PLUS POUR TRÈS LONGTEMPS. SI CE N'EST PAS LA FAIM, C'EST LA DOULEUR QUI L'EMPORTERA.
FWOUP
ON NE PEUT RIEN FAIRE POUR L'AIDER ?
POUR LA FAIM ET LA DOULEUR ?
SI.
ON PEUT ABRÉGER SES SOUFFRANCES TOUT DE SUITE.
TU PEUX LUI ADMINISTRER UNE DÉCHARGE ÉLECTRIQUE, ÇA SERA FINI EN UN INSTANT.
C'EST HORS DE QUES-TION !
TU NE LE SAIS PEUT-ÊTRE PAS...
MAIS DANS LE MONDE DES HOMMES, ON ESTIME QU'IL EST PLUS HUMAIN DE PROCÉDER AINSI.

NON, JE NE PEUX PAS...
C'EST AU-DESSUS DE MES FORCES.
POURQUOI ?
C'EST POURTANT CE QUE TU FAIS AVEC LES POISSONS QU'ON PÊCHE.
IL TE SUFFIRAIT D'AUGMENTER LA PUISSANCE.
OH, ANGE...
TU ES CRUELLE.

J'AI L'IMPRES-SION...
QU'IL A BEAUCOUP SOUFFERT, À LA FIN...
FINALEMENT ...
IL AURAIT MIEUX VALU QUE JE SUIVE TON CONSEIL.
SANS DOUTE, OUI.
J'AURAIS REGRETTÉ.
OUI, MAIS...
TU AURAIS EU DES REMORDS, NON ?

LES HUMAINS SONT DES ÊTRES IRRATIONNELS.
JUSTEMENT, TU PEUX PAS COM-PRENDRE, ANGE !
OUPS
PARDON.
POURQUOI T'EXCUSES-TU ?
CE QUE TU DIS EST EXACT.
JE SUIS UNE ANDROÏDE CRÉÉE PAR UNE IA EN TEMPS DE GUERRE.
MON SYSTÈME NE ME PERMET PAS DE SAISIR LES ÉMOTIONS DE VOTRE ESPÈCE.
MAIS...

MAIS MOI NON PLUS, JE N'Y COMPRENDS RIEN !
JE N'AI JAMAIS RENCONTRÉ D'HUMAINS !
SNIF
SNIF
ÉCOUTE, ERIO...
QUE DIRAIS-TU DE PARTIR EN VOYAGE ?

POURTANT ...
TU AS TOUJOURS DIT QU'IL NE FALLAIT SURTOUT PAS S'ÉLOIGNER À PLUS DE 500 MÈTRES DU PHARE...
EN VOYAGE ?
EH BIEN, OUI. NOUS RÉFUGIER SUR CETTE PRESQU'ÎLE ISOLÉE ÉTAIT LE MOYEN LE PLUS LOGIQUE DE GARANTIR NOTRE SURVIE À TOUTES LES DEUX.
APRÈS TOUT, JE SUIS CONSIDÉRÉE COMME UNE ENNEMIE DES HOMMES...
ET TOI, TU ÉTAIS RETENUE CAPTIVE TEL UN RAT DE LABORATOIRE.
ET PUIS, IL FAUDRA BIEN QUE TU TE FROTTES AU MONDE DES HOMMES, TÔT OU TARD...
CAR LES CONNAISSANCES QUE JE TE TRANSMETS NE SUFFISENT PAS.
MAIS PARFOIS...
IL N'Y A RIEN DE PLUS HUMAIN QUE D'OPÉRER UN CHOIX IRRATIONNEL.

MOI, J'IGNORE COMMENT RÉPONDRE À TA DÉTRESSE...
QUAND TES YEUX SONT BAIGNÉS DE LARMES, COMME AUJOURD'HUI.
BIEN ENTENDU, JE CONTINUERAI À ASSURER TA PROTECTION EN TOUTES CIRCONSTANCES.
APRÈS TOUT, TU M'ES INDISPENSABLE...
FWISH
フワ...

C'EST D'ACCORD, ANGE...
FSHHH... ザ" ザ"
FSHHH... ザ" ザ"
TANT QU'ON RESTE ENSEMBLE, TOI ET MOI.

ALORS ? QU'EST-CE QUE T'EN DIS ?
C'EST TOUT À FAIT CONVENABLE.
MAIS POURQUOI CHOISIR UN ACCOUTREMENT MASCULIN ?
PARCE QUE LES GENS NE NOUS PRENDRONT PAS AU SÉRIEUX, S'ILS VOIENT QU'ON EST DEUX VOYAGEUSES !
JE NE SUIS PAS CERTAINE QUE DEUX ENFANTS BÉNÉFICIENT DE LA MOINDRE CONSIDÉRATION, QUEL QUE SOIT LEUR GENRE.
ET TOI, ALORS ? JE NE T'AVAIS JAMAIS VUE AUSSI APPRÊTÉE !
C'EST LA SEULE TENUE DE VOYAGE QUE JE POSSÈDE.
ALLONS-Y !
ATTENDS !

HMM !
JE SUPPOSE QU'IL VAUT MIEUX FAIRE ÇA MAINTENANT PLUTÔT QUE DEVANT TOUT LE MONDE EN VILLE...
DIS PAS ÇA, ANGE !
IL FAUT TOUJOURS QUE TU ME PRENNES DE COURT !
TU SAIS BIEN QU'IL FAUT QUE JE DÉLIVRE UNE DÉCHARGE RÉGULIÈREMENT, SINON, JE VAIS IMPLOSER !

OOOH...
ON DOIT MONTER TOUT LÀ-HAUT ?
OUI. ON APERCEVRA LA VILLE, DEPUIS LE SOMMET.
UN DERNIER PETIT EFFORT !
UN GROS EFFORT, PLUTÔT...
ヒョオオオオオオ
FSHHHHHH
ジャキッ
CLAC
ギギギ
KRR KRR KRR
ウィーン
WIIIZ
C'EST PARCE QUE TU T'ES BEAUCOUP TROP CHARGÉE POUR RIEN.
ABANDONNE UNE PARTIE DE TES BAGAGES ET ÇA TE SEMBLERA MOINS DUR.
CŒUR DE PIERRE !
JE CROYAIS QUE JE N'AVAIS PAS DE CŒUR...
AH ! TU L'AS PAS DIGÉRÉ, ÇA, HEIN ?

ALLEZ, ACCROCHE-TOI BIEN.
OK !
SI TU SAVAIS COMME JE T'ADORE, ANGE !
ET JE SUIS SÛRE QUE TOI AUSSI, TU M'AIMES !
PAS VRAIMENT, NON...
J'AI JUSTE BESOIN D'UN CHARGEUR.
MAIS ÇA SE DIT PAAAS !
ET VOILÀ, ON LA VOIT ENFIN.
ALORS, C'EST ÇA...
UNE « VILLE » ?

*Déesse de la mythologie grecque qui personnifie l'intelligence et la ruse. *(NdT.)*

IL SUFFIRAIT QU'IL SUBSISTE UNE SEULE UNITÉ DE METIS N'IMPORTE OÙ DANS LE MONDE POUR QU'ELLE RECOMMENCE À GANGRENER TOUT LE SYSTÈME.
ALORS, IL N'Y AVAIT QU'UN SEUL MOYEN DE L'ARRÊTER...
COUPER LES RÉSEAUX DE TOUTE ALIMENTATION ÉLECTRIQUE.
POUR REMPORTER LA GUERRE...
L'HUMANITÉ A ÉTÉ CONTRAINTE DE RENONCER À L'ÉLECTRICITÉ.

ANGE
Matricule
ANJ32768
Androïde
de combat
désaffectée
ERIO
Humaine
dont le corps
est capable
de produire
de l'électricité
CHAPITRE 2 · Une ville de vapeur et d'engrenages

OUAAAH !
T'AS VU TOUS CES GENS, ANGE ?!
BONJOUR ! JE M'APPELLE ERIO !
ENCHANTÉE ! JE SUIS ERIO !
TU COMPTES TE PRÉSENTER À L'INTÉGRALITÉ DU GENRE HUMAIN ?
IL NOUS FAUT UN TOIT POUR CE SOIR.
ENSUITE, NOUS CHERCHERONS UN TRAVAIL POUR SUBVENIR À NOS BESOINS.

DIS ! JE PARIE QU'ON A UNE VUE MAGNIFIQUE SUR TOUTE LA VILLE, DE LÀ-HAUT !
ON VA JETER UN COUP D'ŒIL ?!
CE N'EST PAS RAISONNABLE. SI ON S'ATTARDE TROP, LA NUIT VA TOMBER.
ALLEZ, RIEN QU'UNE MINUTE !
EUH...
COMMENT ON FAIT POUR MONTER ?
PSHHH
GWIIIIK
OH !
KLAM

ZWOUUUSH
ゴォオオオオオ…
OUAAAAH !

CLAC
ガタン
TSHAM
ガション…
C'ÉTAIT TROP DRÔLE !
ELLE EST GÉANTE, CETTE MACHINE !
REGARDE.

VOILÀ À QUOI RESSEMBLENT LES VILLES, DE NOS JOURS.
TOUT EST ALIMENTÉ PAR DES MACHINES À VAPEUR.
L'ÉCLAIRAGE FONCTIONNE AU GAZ...
ET ON APERÇOIT DES ENGRENAGES ABSOLUMENT PARTOUT.
L'INCONSCIENT COLLECTIF EST RESTÉ PROFONDÉMENT MEURTRI PAR LA GUERRE CONTRE LES IA.
DEPUIS, LES HUMAINS DÉTESTENT LES MACHINES QUI N'AFFICHENT PAS CLAIREMENT LEURS FONCTIONNALITÉS.
ILS CRAIGNENT L'ÉLECTRICITÉ ET L'ASSIMILENT À UNE FORME D'ÉNERGIE PERVERTIE QUI NE SERT QU'À ALIMENTER L'ENNEMI.
C'EST D'AILLEURS POUR CETTE RAISON QUE LES ANDROÏDES COMME MOI SONT SURNOMMÉES « POUPÉES ÉLECTRIQUES ».
AUTANT DIRE QU'UN INDIVIDU COMME TOI, CAPABLE DE GÉNÉRER DE L'ÉLECTRICITÉ, PROVOQUERAIT DE LA HAINE ET DE LA TERREUR CHEZ EUX.
TU TE PRENDS TROP LA TÊTE, ANGE.
NOUS NE SOMMES QUE DE SIMPLES VOYAGEUSES, À LEURS YEUX.

OOOH, UN ANGE !
REGARDEZ !
Y A UN ANGE !
ÇA PAR EXEMPLE !
C'EST MERVEIL-LEUX !
POURQUOI ILS DISENT ÇA ?
VA SAVOIR...
MAIS NOUS DEVONS ÉVITER DE NOUS FAIRE REMARQUER.
ALLONS-NOUS-EN.

AH NON ! NE PARTEZ PAS, MADAME L'ANGE !
STAP
QUE SE PASSE-T-IL, WILL ?
AH, GRAND FRÈRE !
FIOUH... ILS M'ONT FAIT UN PEU PEUR...
CELA DIT, ILS N'ONT PAS TORT DE DIRE QUE TU ES UN ANGE !
ÇA A L'AIR DE TE RENDRE FIÈRE...

OUI, PARCE QUE QUAND ON S'EST RENCONTRÉES, TU M'ES APPARUE COMME UN ANGE DESCENDU DU CIEL !
ET C'EST MÊME TON PRÉNOM...
C'EST TOI QUI L'AS INVENTÉ EN REPRENANT LES LETTRES « ANJ » DE MON MATRICULE...
MAIS TU TE TROMPES À MON SUJET.
JE NE SUIS QU'UNE ARME DE GUERRE, FABRIQUÉE POUR LE COMBAT.
SI METIS ÉTAIT RÉACTIVÉE ET QUE LES HOSTILITÉS REPRENAIENT ...
JE M'EN PRENDRAIS AU PREMIER HUMAIN VENU...
C'EST-À-DIRE TOI...
ET JE TE TUERAIS SANS MÉNAGEMENT.
AUX YEUX DES HUMAINS, JE M'APPARENTE BIEN PLUS À UN DÉMON QU'À UN ANGE.

ÇA ALORS, UN ANGE ...
CE N'EST QU'UN HASARD.
NOTRE PHYSIONOMIE A ÉTÉ FAÇONNÉE D'APRÈS UNE FORME HUMAINE GÉNÉRIQUE.
UNE APPARENCE AUX PRO-PORTIONS STANDARDS, SANS LA MOINDRE ASPÉRITÉ.
C'EST TON PORTRAIT CRACHÉ, ANGE...
COMMENT ÇA SE FAIT ?

CETTE STATUE REPRÉSENTE NOTRE ANGE GARDIEN.
UNE VIEILLE LÉGENDE RACONTE...
QUE DANS LE TEMPS, QUAND NOTRE CITÉ ÉTAIT ENCORE EN PROIE À LA GUERRE, CETTE CRÉATURE SERAIT DESCENDUE DU CIEL POUR NOUS PROTÉGER.
VOUS ÊTES DE PASSAGE ?
OUI !
MENUETTE ?!

GWISH
グギチッ
AAAH !
VOUS ÊTES SÛRE QUE JE NE SUIS PAS TROP LOURD ?
NON, PAS DU TOUT.
VOUS ÊTES PLUS LÉGER QU'ERIO, EN TOUT CAS.
JE VOUS REMERCIE DE ME RAMENER CHEZ MOI.

C'EST BIEN NORMAL.
ET PUIS, JE ME SENS RESPONSABLE DE CE QUI VOUS EST ARRIVÉ...
C'EST QUE VOUS LUI RESSEMBLEZ TANT...
ÇA, CE N'EST QU'UNE COÏNCIDENCE.
J'AI UN PHYSIQUE TRÈS ORDINAIRE, ON POURRAIT ME PRENDRE POUR N'IMPORTE QUI...
OH, MAIS CE N'EST PAS QU'UNE QUESTION D'APPARENCE ...
«MENUETTE», VOUS DISIEZ ?
QUI EST-CE ?
EH BIEN...
C'ÉTAIT UNE JEUNE FILLE QUI HABITAIT PAR ICI, AUTREFOIS.
IL Y A COMBIEN DE TEMPS, EXACTEMENT ?

OH, JE DEVAIS AVOIR 15 ANS, À L'ÉPOQUE...
DONC ÇA DOIT BIEN FAIRE 70 ANS...
AH OUI, ÇA FAIT LONGTEMPS !
MERCI. VOUS M'AVEZ BIEN AIDÉ.
ENTREZ DONC...
JE VAIS VOUS PRÉPARER DU THÉ.
HUMPF!
ぐギーッ
MONSIEUR, ÇA VA ?
VOUS DEVRIEZ ALLER VOUS FAIRE RÉPARER TRÈS RAPIDEMENT !

MAIS C'EST LA SEULE CHOSE À FAIRE, SI VOUS VOULEZ FONCTIONNER COMME AVANT !
HEIN ?
ME « FAIRE RÉPARER » ?
DRÔLE DE FAÇON DE PARLER...
S'IL SUFFISAIT D'UNE RÉPARATION...
LA VIE SERAIT PLUS SIMPLE.
ERIO, TU L'IGNORES PEUT-ÊTRE, MAIS...
LES HUMAINS VIEILLISSENT.
LORSQU'ILS ONT PASSÉ UN CERTAIN ÂGE, LEURS CAPACITÉS PHYSIQUES DÉCLINENT PEU À PEU...
ET DE NOMBREUSES PIÈCES DEVIENNENT IRRÉPARABLES...
C'EST LE CAS POUR TOUS LES ÊTRES VIVANTS.
JE LE SAIS TRÈS BIEN !

OUI, ÇA...
JE L'AVAIS BIEN COMPRIS.
ELLE EST GRANDE, VOTRE MAISON !
OOOH...

QUELQU'UN D'AUTRE HABITE AVEC VOUS ?
NON, JE VIS SEUL, EN CE MOMENT...
MAIS VU MON ÉTAT DE SANTÉ, ÇA NE SERA PLUS POSSIBLE TRÈS LONGTEMPS...
JE VAIS DEVOIR ENGAGER DES EMPLOYÉS DE MAISON.
DES EMPLOYÉS ?
NOUS, ON POURRAIT PEUT-ÊTRE TRAVAILLER POUR VOUS !
SI VOUS NOUS OFFREZ UN TOIT ET À MANGER, ON NE VOUS EN DEMANDERAIT PAS BIEN CHER !
QU...

QU'EST-CE QUE TU RACONTES, ERIO ?
BEN, C'EST TOI QUI DISAIS QU'ON DEVAIT CHERCHER DU BOULOT, NON ?
SI ON ÉTAIT LOGÉES ICI, ÇA FERAIT D'UNE PIERRE DEUX COUPS !
EN EFFET...
JE SUIS IMPRESSIONNÉE PAR LA LOGIQUE DE TON RAISONNEMENT.
ATTENDEZ... JE VOUS REMERCIE POUR CETTE PROPOSITION, MAIS...
JE NE PEUX PAS ENGAGER DES ENFANTS À MON SERVICE...
MON APPARENCE PRÊTE À CONFUSION, MAIS JE SUIS MAJEURE...
ET JE TÂCHERAI DE COMPENSER L'INEXPÉRIENCE DE MON ACOLYTE.

TU...
JE NE FAIS QU'ÉNONCER DES FAITS.
TU ES MERVEILLEUSE, ANGE !
J'AI LA SENSATION QUE CE N'ÉTAIT PAS VRAIMENT UN COMPLIMENT, MAIS JE TE PARDONNE !
C'EST D'ACCORD, ALORS.
NON, CE N'EST RIEN...
QUOI ? TU ES UNE FILLE, TOI ?
JE NE VEUX PAS ME MÊLER DE CE QUI NE ME REGARDE PAS, MAIS...
COMME VOUS ÊTES UNE FILLE ET UN GARÇON, JE SUPPOSE QUE VOUS VOUDREZ DEUX CHAMBRES SÉPARÉES ?

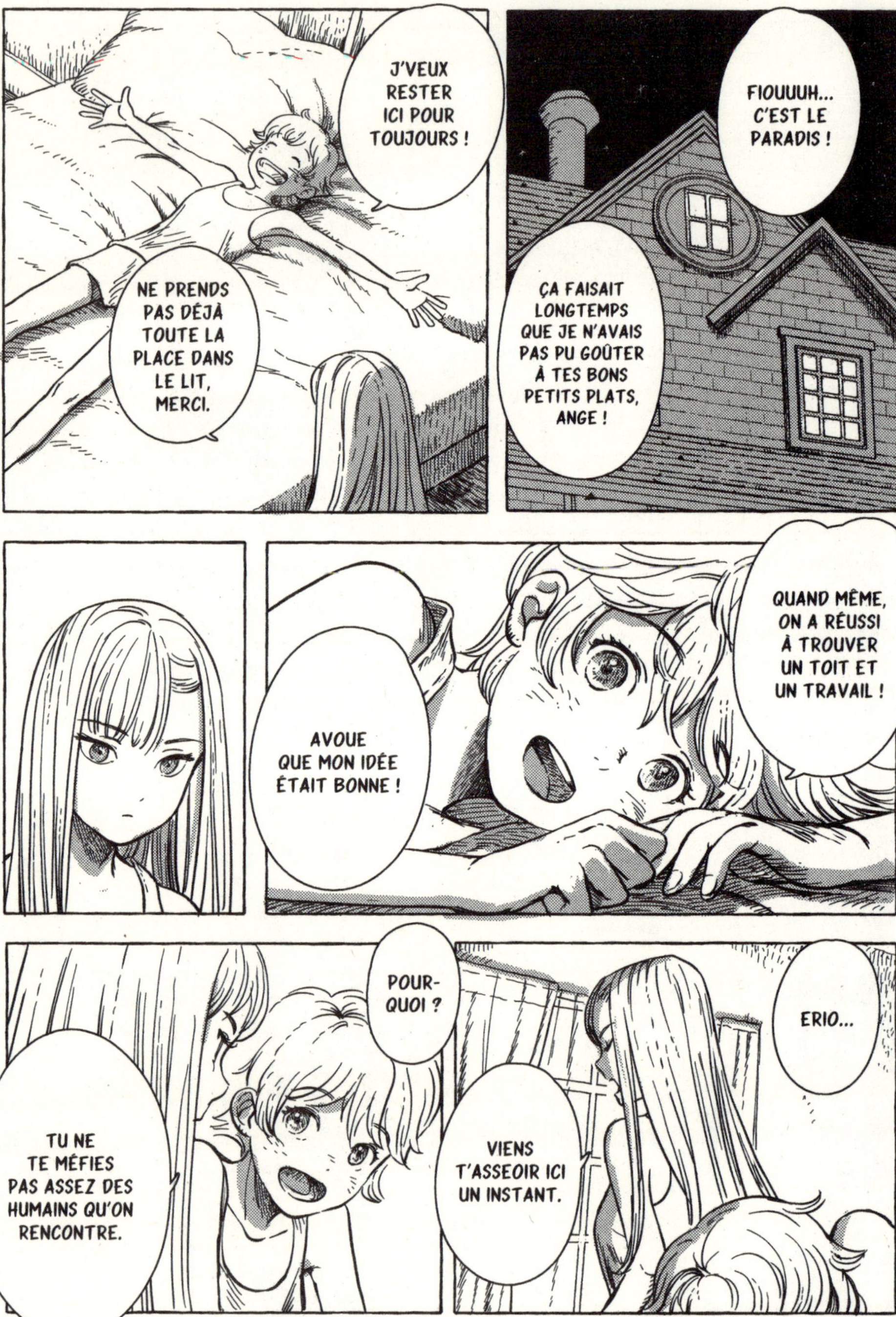
FIOUUUH... C'EST LE PARADIS !
ÇA FAISAIT LONGTEMPS QUE JE N'AVAIS PAS PU GOÛTER À TES BONS PETITS PLATS, ANGE !
J'VEUX RESTER ICI POUR TOUJOURS !
NE PRENDS PAS DÉJÀ TOUTE LA PLACE DANS LE LIT, MERCI.
QUAND MÊME, ON A RÉUSSI À TROUVER UN TOIT ET UN TRAVAIL !
AVOUE QUE MON IDÉE ÉTAIT BONNE !
ERIO...
VIENS T'ASSEOIR ICI UN INSTANT.
POUR-QUOI ?
TU NE TE MÉFIES PAS ASSEZ DES HUMAINS QU'ON RENCONTRE.

QUOI ?
CETTE FOIS, CE N'EST QU'UN VIEIL HOMME FORTEMENT DIMINUÉ, DONC ÇA DEVRAIT ALLER, MAIS...
TU SEMBLES OUBLIER TOUT LE MAL QUE JE ME DONNE POUR TE PROTÉGER.
MERCI, ANGE...
MERCI DE PRENDRE TOUJOURS SOIN DE MOI.
AH...
OUI, EN EFFET.
C'EST NORMAL.
TU ES MON SEUL MOYEN DE ME RECHARGER.

Dzzt
Dzzt
Dzzt
Dzzt
Dzzt
Dzzt
DZZT
ZZT
CHAR-GEMENT EFFECTUÉ.
ÇA FAIT DU BIEN.
DU BIEN ? C'EST POURTANT MOI QUI SUIS RECHARGÉE...
PAS TOI.

OUI, MAIS TU M'AS EXPLIQUÉ QUE C'ÉTAIT LA PLUS HAUTE FORME D'EXPRESSION DU SENTIMENT AMOUREUX !
MOI, C'EST CET AMOUR QUI ME FAIT DU BIEN !
JE NE CONNAIS PAS CES ÉMOTIONS, ERIO.
OUI, C'EST VRAI...
QUE T'ARRIVE-T-IL ?
JE ME DIS QUE...
JE VIEILLIS.

JUSQU'À PRÉSENT …
J'AI TOUJOURS ÉTÉ HEUREUSE DE GRANDIR…
PARCE QUE J'AVAIS L'IMPRESSION DE ME RAPPROCHER DE TOI, PETIT À PETIT…
MAIS MAINTENANT…
J'AI PEUR QUE ÇA M'ÉLOIGNE DE TOI, PEU À PEU…

MAIS PAS PHYSIQUEMENT.
OUI, T'AS RAISON !
ON RESTERA TOUJOURS ENSEMBLE, PAS VRAI ?!
MÊME SI JE DEVIENS UNE VIEILLE MAMIE ET QUE JE NE PEUX PLUS PRODUIRE D'ÉLECTRICITÉ ?!
EH BIEN...
IL FAUDRA QUE J'Y RÉFLÉCHISSE.
MAIS T'AS VRAIMENT PAS DE CŒUR, ANGE !

CHAPITRE 3 • *Des sentiments humains*

MONSIEUR STRAUSS !
J'AI FINI DE NETTOYER LA CUISINE !
SAUF QUE MOI, QUAND JE NE FAIS RIEN...
JE M'ENNUIE !
QU'EST-CE QUE JE PEUX FAIRE, MAINTENANT ?
RIEN, POUR LE MOMENT.
TU PEUX TE REPOSER.
ANGE DOIT ÊTRE EN TRAIN DE COUPER DU BOIS DANS LE JARDIN... JE POURRAIS ALLER LA TAQUINER !
Bas les pattes ! Si tu t'approches davantage, c'est ta tête que je vais trancher !
OU PAS...

JE VAIS Y PASSER UN PETIT COUP DE BALAI...
TIENS...
JE N'AVAIS ENCORE JAMAIS REMARQUÉ CETTE PIÈCE...
C'EST...
UN PIANO ?
C'EST LA PREMIÈRE FOIS QUE J'EN VOIS UN VRAI.
IL A L'AIR ANCIEN...

UN CADRE PHOTO ?
OH...
GLOUPS
ぎく
QU'EST-CE QUE TU FAIS ICI, TOI ?
FWISH
サッ
OH... JE...
JE VOULAIS FAIRE UN PEU DE MÉNAGE...

CE N'EST PAS NÉCESSAIRE.
CETTE PIÈCE NE ME SERT QU'À ENTREPOSER DES VIEILLERIES.
POURRAIS-TU FAIRE UNE PETITE COURSE POUR MOI, À LA PLACE ?
O... OUI, BIEN SÛR !

AH OUI ?
TU TRAVAILLES CHEZ LE PROFESSEUR STRAUSS ?
VOUS LE CONNAISSEZ ?
OH, TOUT LE MONDE LE CONNAÎT, ICI.
C'EST UN GRAND SAVANT !
D'ACCORD...
OUI.
C'EST QUE C'EST BIENTÔT LA FÊTE DES ÉTOILES !
MOI, JE VIENS JUSTE D'ARRIVER DANS LE SECTEUR.
C'EST PLUTÔT ANIMÉ, PAR CHEZ VOUS !

ON DIT QU'ELLES SONT LÀ POUR GUIDER NOTRE ANGE GARDIEN...
AFIN QU'IL RAMÈNE NOS CHERS DISPARUS CHEZ EUX.
AH ?
LA «FÊTE DES ÉTOILES» ?
OUI, IL Y AURA BIENTÔT DES DÉCORATIONS DANS TOUTE LA VILLE !
JE NE SUIS PAS SÛRE D'AVOIR TOUT COMPRIS, MAIS ÇA A L'AIR AMUSANT !
MAIS COMMENT DES ÉTOILES QUI NE BRILLENT PAS POURRAIENT-ELLES INDIQUER LE CHEMIN ?
BIEN SÛR QU'ELLES BRILLENT !

OOOH, UN ANGE !
C'EST LE GAMIN DE L'AUTRE FOIS...
ET MÊME QUE LE JOUR DE LA FÊTE...
NOTRE ANGE SCINTILLERA DE MILLE FEUX !
AH BON ? COMMENT ?
AVEC DE L'ÉLECTRICITÉ ! C'EST MON GRAND FRÈRE QUI...
WILL !
ARRÊTE DE RACONTER N'IMPORTE QUOI !
ALLEZ, VIENS !
J'ARRIVE !

ALEC EST UN PEU BOURRU, MAIS IL NE FAUT PAS TE FIER AUX APPARENCES...
C'EST UN BRAVE GARÇON !
LEURS PARENTS SONT MORTS DANS UN ACCIDENT, L'ANNÉE DERNIÈRE.
DEPUIS, C'EST LUI QUI S'OCCUPE DU PETIT. ILS VIVENT DANS L'USINE OÙ IL TRAVAILLE.
IL A BIEN PARLÉ...
D'ÉLEC-TRICITÉ ?
SALUT !
QU'EST-CE QUE VOUS VOULEZ ?
DIS DONC, C'EST PAS LA POLITESSE QUI T'ÉTOUFFE !
C'EST COMME ÇA QUE TU T'ADRESSES À UN BON CLIENT COMME MOI ?

FIGURE-TOI QUE TA DERNIÈRE LIVRAISON A EU BEAUCOUP DE SUCCÈS.
LE BOSS INSISTE POUR QUE TU NOUS EN FOURNISSES DAVANTAGE !
ET PUIS, EN ÉCHANGE, VOUS ÉTIEZ CENSÉ ME DONNER VOTRE SURPLUS DE MATÉRIEL !
C'EST DONNANT-DONNANT !
VOUS SAVEZ BIEN QUE ÇA NE SE FABRIQUE PAS EN UN CLAQUEMENT DE DOIGTS !
OH...
TU CROIS POUVOIR ME PARLER SUR CE TON ?
ALEC !!!
WILL !
ARRÊTEZ !
MON PETIT FRÈRE N'A RIEN À VOIR AVEC TOUT ÇA !
AU SECOURS, ALEC !

AAAH !
コチョ
GWIP
コチョ
GWIP
GRAND FRÈRE !
C'EST QUI, CELUI-LÀ ?
PARDON ?
J'SAIS PAS CE QUI SE PASSE, ICI...
MAIS JE DÉTESTE LES BRUTES QUI S'EN PRENNENT AUX PLUS FAIBLES !
MÊLE-TOI DE CE QUI TE REGARDE, MORVEUX !

QU...
ÇA PRENDRA TROIS JOURS.
VOUS POUVEZ BIEN PATIENTER JUSQUE-LÀ, NON ?
T'ES PAS EN POSITION DE DÉCIDER DES DÉLAIS, MON BONHOMME...
GRR

BON... TROIS JOURS, ENTENDU...
ALLEZ, WILL ! ON S'EN VA !
EUH...
ET TOI, NE ME TRAITE PAS COMME UN GAMIN SANS DÉFENSE !
JE NE SUIS PAS FAIBLE, PIGÉ ?!

DIS DONC, ALEC !
C'EST PAS BIEN !
TU DEVRAIS PAS PARLER COMME ÇA À QUELQU'UN QUI NOUS A AIDÉS !
MERCI.
À VRAI DIRE, CHEZ NOUS, C'EST PAS LE GRAND LUXE, MAIS...
TU PEUX VENIR PRENDRE LE THÉ, SI TU VEUX.

C'EST SUPER ORIGINAL, VOTRE MAISON !
LE PROPRIÉTAIRE NOUS A PERMIS DE NOUS INSTALLER DANS UN PETIT COIN DE L'USINE POUR NOUS ABRITER.
DÉSOLÉ, C'EST PAS HYPER CONFOR-TABLE...
J'ADORE ! ON DIRAIT UNE BASE SECRÈTE !
TU T'APPELLES... ERIO, C'EST ÇA ?
METS-TOI À L'AISE. PAS DE CHICHIS, ENTRE MECS...
AH, BEN, EN FAIT, JE SUIS UNE FILLE...
QUOI ?!

DÉSOLÉ ...
TON PRÉNOM M'A INDUIT EN ERREUR...
OH, CE N'EST RIEN !
IL FAUT DIRE QUE JE FAIS EXPRÈS DE M'HABILLER COMME UN GARÇON POUR ÉVITER QU'ON ME PRENNE DE HAUT.
J'AI UNE QUESTION, WILL...
TU PARLAIS D'UN ANGE QUI SCINTILLE, TOUT À L'HEURE...
OUI !
C'EST MON FRÈRE QUI FABRIQUE LES ÉTOILES !

WILL...
TU SAIS QUE TU NE DOIS PAS PARLER DE ÇA AUX INCONNUS !
POUR-QUOI ?
PARCE QUE SI LES ADULTES DÉCOU-VRENT...
QU'ON MANIPULE DE L'ÉLEC-TRICITÉ, ON EST MAL.
DE L'ÉLEC-TRICITÉ ?
BON...
ON PEUT FAIRE UNE EXCEPTION POUR TOI, ERIO...
MAIS TU NE DIRAS RIEN À PERSONNE, D'ACCORD ?
D'ACCORD !
L'ÉLECTRICITÉ, C'EST UNE ÉNERGIE MAGIQUE QUE LES HUMAINS UTILISAIENT AUTREFOIS.
ELLE PEUT GÉNÉRER DE LA CHALEUR ET DE LA LUMIÈRE...
GRÂCE À ELLE, ON PEUT ENVOYER DES SONS ET DES IMAGES TRÈS LOIN EN UN CLIN D'ŒIL. ON PEUT MÊME LES CONSERVER POUR TOUJOURS, OU PRESQUE.

DES SONS ET DES IMAGES ?
ANGE ME MONTRE DES CHOSES COMME ÇA, DE TEMPS EN TEMPS.
LE TRUC, C'EST QUE PENDANT LA GUERRE, CETTE ÉNERGIE ALIMENTAIT NOTRE ENNEMI...
ALORS, ELLE A ÉTÉ JUGÉE MALÉFIQUE ET INTERDITE PAR LA LOI.
DE NOS JOURS, ON NE PEUT PLUS S'EN PROCURER ...
SANS PASSER PAR DES TYPES MALHONNÊTES, COMME CEUX DE TOUT À L'HEURE.
OH, MAIS MOI, L'ÉLECTRICITÉ, JE...
AUTANT DIRE QU'UN INDIVIDU COMME TOI, CAPABLE DE GÉNÉRER DE L'ÉLECTRICITÉ...
PROVOQUERAIT DE LA HAINE ET DE LA TERREUR CHEZ EUX.

OUI ?
AH... EUH...
MOI... L'ÉLECTRICITÉ...
JE... JE ME DEMANDE SI ÇA POURRAIT ILLUMINER L'ANGE !
GRÂCE À ÇA, OUI.
C'EST UNE DÉCORATION QUI TRANSFORME L'ÉLECTRICITÉ EN LUMIÈRE.
J'EN FABRIQUE AVEC DES MATÉRIAUX PERDUS QUE JE RÉCUPÈRE À L'USINE.
OOOH...
C'EST SUPER, HEIN ?
ÇA FERA UN REPÈRE DANS LA NUIT, POUR QUE PAPA ET MAMAN RETROUVENT LE CHEMIN DE LA MAISON.
« PAPA ET MAMAN » ?

UNE MINUTE !
VOUS SAVEZ FAIRE REVENIR LES MORTS ?!
BIEN SÛR QUE NON...
MAIS JE SUIS CERTAIN QU'ILS NOUS VERRONT, DE LÀ OÙ ILS SONT.
ILS SAURONT QUE NOUS ALLONS BIEN...
ET QUE NOUS CONTINUONS À VIVRE POUR EUX.
TOUT CE QUE JE VEUX, C'EST QU'ILS LE SACHENT.
« VIVRE POUR EUX » ?
C'EST MERVEIL-LEUX !
C'EST SI BEAU, CETTE FAÇON DE PENSER !

ENFIN... DU COUP, J'AI PASSÉ UN MARCHÉ AVEC CE TRAFIQUANT ...
ET IL A ACCEPTÉ DE M'ÉCHANGER CES OBJETS CONTRE UN BOÎTIER ÉLECTRIQUE...
JE N'AVAIS JAMAIS RIEN ENTENDU DE TEL !
AH... AH BON ?
MAIS IL VA FALLOIR QUE J'EN FABRIQUE PLEIN, ET EN VITESSE !
AH, TU AS PLEIN DE CHOSES À FAIRE, ALORS...
ET MOI, J'AI ENCORE DES COURSES QUI M'ATTENDENT ! JE VAIS DEVOIR VOUS LAISSER !
ALORS, À PLUS TARD !
O... OK...
HÉ
HÉ

SI ANGE ÉTAIT LÀ, ELLE DIRAIT QUE NOTRE VIE N'APPARTIENT QU'À NOUS-MÊMES...
ET QU'APRÈS LA MORT, ON DISPARAÎT, UN POINT, C'EST TOUT...
VIVRE POUR CEUX QUI SONT PARTIS...
MAIS LA VISION DES HUMAINS EST DIFFÉRENTE.
NOS VIES SONT LIÉES LES UNES AUX AUTRES !

MONSIEUR STRAUSS...
...
AURIEZ-VOUS UNE MINUTE ?
J'AI COUPÉ DU BOIS, COMME VOUS LE DEMANDIEZ ...
TZAAAAM
こんもり
ET VOILÀ LE RÉSULTAT !
EST-CE QUE ÇA VOUS SEMBLE SUFFISANT ?
MA PAROLE...
JE NE SAIS PAS SI JE VIVRAI ASSEZ LONGTEMPS POUR TOUT UTILISER !

VOUS PRÉVOYEZ DE MOURIR PROCHAI-NEMENT ?
ENCORE UNE DRÔLE DE QUESTION...
TU LUI RESSEMBLES VRAIMENT BEAUCOUP.
ANGE, C'EST ÇA ?
OUI.
DIS-MOI...
TU ES UNE POUPÉE ÉLECTRIQUE, TOI AUSSI ?

CHAPITRE 4 • *En attendant les étoiles*

COLONEL STRAUSS.
VOUS AVEZ BIEN DEVINÉ...
OH, TU M'AVAIS DONC RECONNU ?
JOHN STRAUSS ...
LE GRAND INGÉNIEUR MILITAIRE, DOCTEUR EN ROBOTIQUE ET EN INTELLIGENCE ARTIFICIELLE ...
LA PLUS CÉLÈBRE DES CIBLES À ABATTRE, POUR TOUTES LES IA COMME MOI.
IL FAUT DIRE QUE L'HUMANITÉ A ESSUYÉ UNE TERRIBLE DÉFAITE QUAND LES POUPÉES ÉLECTRIQUES CAPTURÉES SUR MES ORDRES SE SONT FAIT EXPLOSER.
J'AI DÛ EN TIRER LES CONSÉQUENCES ET DÉMISSIONNER DE MES FONCTIONS.
TU ME FAIS TROP D'HONNEUR.
EN RÉALITÉ, J'AI PRIS MA RETRAITE TRÈS TÔT ET J'AI ÉCHAPPÉ À UNE MORT CERTAINE.

TU AS L'INTENTION DE ME TUER ?
NON, JE NE SUIS QU'UNE ARME ISOLÉE ...
ET JE NE TUE QUE SI ON M'EN DONNE L'ORDRE.
D'AIL-LEURS...
À L'HEURE ACTUELLE, C'EST VOUS, MON EMPLOYEUR.
VOUS SOUHAITEZ QUE JE VOUS TUE ?
JE VOIS...
C'EST AUSSI BIEN AINSI.
JE SUIS RENTRÉE !
REGARDEZ !
LES COMMERÇANTS M'ONT FAIT PLEIN DE REMISES !

J'AI LOUPÉ QUELQUE CHOSE ?
NON, RIEN.
MERCI POUR CES COMMISSIONS.
ぐぎっ
CRAC
AÏE ! MA HANCHE !
OH LÀ LÀ, MONSIEUR STRAUSS !
DIS-MOI...
TU ES UNE POUPÉE ÉLECTRIQUE, TOI AUSSI ?
AU FAIT, MONSIEUR STRAUSS...
ELLE ÉTAIT COMMENT, VOTRE MENUETTE ?

POURQUOI CETTE QUESTION ?
BEN... VOUS DISIEZ QU'ELLE RESSEMBLAIT À ANGE...
ALORS, J'IMAGINE QU'ELLE ÉTAIT TRÈS BELLE, ELLE AUSSI.
NE TE FIE PAS À MON APPARENCE...
JE SUIS BIEN PLUS ÂGÉE QUE TOI.
EN EFFET.
BELLE À EN COUPER LE SOUFFLE.
ET QUOI D'AUTRE ?
SA VOIX ÉTAIT SUBLIME.

SES MÉLODIES EMPLISSAIENT L'AIR COMME...
LE CHANT DU ROSSIGNOL AU RÉVEIL DU PRINTEMPS...
OU LE MURMURE D'UN RUISSEAU PUR ET GLACÉ APRÈS LA FONTE DES NEIGES...
QUE T'ARRIVE-T-IL, ERIO ? TON VISAGE EST TOUT ROUGE ET ENFLÉ...
MAIS ÇA SE DIT PAS !
ET ELLE EST OÙ, MAIN-TENANT, ALORS ?
ELLE A DÉMÉNAGÉ ?
ELLE S'EST ÉTEINTE.

UNE PHOTO ?
OUAIS ! SUPER ANCIENNE !
J'AI À PEINE EU LE TEMPS DE L'APERCEVOIR, MAIS...
J'AI CRU RECONNAÎTRE MONSIEUR STRAUSS QUAND IL ÉTAIT JEUNE...
ET UNE JEUNE FEMME QUI TE RESSEMBLAIT COMME DEUX GOUTTES D'EAU...
C'ÉTAIT PEUT-ÊTRE BIEN MENUETTE !
SI ÇA SE TROUVE, ILS ÉTAIENT AMOUREUX !
ÇA M'ÉTONNERAIT.
AH BON ? POURQUOI ÇA ?
PARCE QUE MENUETTE ÉTAIT...
ENFIN, QU'IMPORTE...
DISONS QUE CE SERAIT PEU PROBABLE.

BROUHAHA
ザワ
BROUHAHA
ザワ
IL Y A DU MONDE, EN VILLE.
OUI, C'EST LA FÊTE DES ÉTOILES, CE SOIR !
TOUTES LES RUES SONT ORNÉES D'ASTRES SCINTILLANTS POUR GUIDER L'ANGE.
TU SAIS QUE LES ANGES SONT DES CRÉATURES IMAGINAIRES, ERIO ?
OUI, OUI...
MAIS JE SAIS AUSSI QUE LES HUMAINS AIMENT CE GENRE DE LÉGENDES.
TU MAÎTRISES DE MIEUX EN MIEUX LE SUJET.
MA FOI...
ERIO !

AH, J'ÉTAIS SÛR QUE C'ÉTAIT TOI !
WILL !
ÇA FAISAIT LONG-TEMPS !
COMMENT VAS-TU ?
CE PETIT, C'EST...
UN ANGE !
FAUX.

JE SAVAIS QU'UN ANGE DESCENDRAIT SUR TERRE !
ENCORE FAUX.
REGARDE, ALEC ! UN ANGE EST ARRIVÉ !
CET ENFANT A UN PROBLÈME D'AUDITION.
AHEM...
BONJOUR, ALEC !

QU'EST-CE QUI T'ARRIVE ?
RIEN.
ALORS, TU PORTES AUSSI... CE GENRE DE TENUE, PARFOIS ?
OUI, C'EST PLUTÔT JOLI, NON ?
CE SONT LES UNIFORMES QUE NOTRE EMPLOYEUR, MONSIEUR STRAUSS, A COMMANDÉS POUR NOUS.
AH... JE VOIS...

DITES-MOI...
POURQUOI RENDEZ-VOUS HOMMAGE À CETTE STATUE ?
BEN... PARCE QUE...
UN ANGE ?!
AH, TU VOIS ?! C'EST CE QUE J'ARRÊTE PAS DE TE DIRE !
VOUS FAITES ERREUR.
LES ANGES N'EXISTENT PAS VRAIMENT.
À QUOI BON RÉVÉRER DES CRÉATURES IMAGINAIRES ?
JE COMPRENDS PAS...
CE QUE L'ANGE RACONTE.
AH, JE SAIS !
T'ES PAS UN VRAI !
...

PARCE QUE LES VRAIS, ILS BRILLENT DE MILLE FEUX !
ET COMME ÇA, PAPA ET MAMAN, QUI SONT AU CIEL, VONT POUVOIR RENTRER À LA MAISON !
LES HUMAINS QUI ONT PERDU LA VIE NE SONT RIEN DE PLUS QUE DES MORCEAUX DE CHAIR INANIMÉS.
LES INFORMATIONS QUE TU DÉTIENS SONT ERRONÉES, TU NE DEVRAIS PAS LES CROIRE.
ouiiin!
JE... JE CROIS QU'ON VA Y ALLER, ALEC...
HÉ !
TU N'AS AUCUN CŒUR, OU QUOI ?!

TAIS-TOI !!!
ERIO ?
TU...
TU NE SAIS RIEN D'ELLE...
ON Y VA !
ERIO...
TON COMPORTEMENT EST IRRATIONNEL.
CE QU'IL A DIT ÉTAIT PARFAITEMENT EXACT.
JE NE POSSÈDE PAS DE MUSCLE CARDIAQUE.

C'EST D'AILLEURS UN FAIT QUE TU ME RAPPELLES RÉGULIÈREMENT.
MOI, C'EST PAS PAREIL ! PERSONNE D'AUTRE N'A LE DROIT DE TE DIRE ÇA !
PARCE QUE MOI, JE T'AIME PLUS QUE TOUT, ANGE !
DZZT ビ
DZZT ビ
DZZT ビ
NON SEULEMENT ÇA N'A AUCUN SENS, MAIS JE TE SIGNALE QUE MES BATTERIES SONT DÉJÀ RECHARGÉES.
むす GRUMPF
QUE S'EST-IL PASSÉ ?
ELLE S'EST DISPUTÉE AVEC UN GARÇON POUR UNE RAISON FUTILE ET DEPUIS, ELLE BOUDE.

C'EST LA FÊTE, CE SOIR.
VOUS NE VOULEZ PAS ALLER VOUS AMUSER EN VILLE ?
ON A LE DROIT ?!
IL FAUT SAVOIR SE DÉTENDRE UN PEU, DE TEMPS EN TEMPS.
ガタッ KLAM
ET SI VOUS VENIEZ AVEC NOUS, MONSIEUR STRAUSS ?
EUH... NON, MOI, JE...
JE POURRAIS VOUS POUSSER DANS UN FAUTEUIL ROULANT !
MENUETTE POURRAIT REVENIR...
ÇA SUFFIT ! LAISSE-MOI TRANQUILLE !

JE... JE SUIS NAVRÉ...
JE N'AIME PAS LES LIEUX BONDÉS.
ALLEZ-Y SANS MOI, NE VOUS EN FAITES PAS.
BON...
JE...
JE NE MÉRITE PAS DE FAIRE LA FÊTE.

REGARDE LA STATUE !
ELLE N'EST PAS ILLUMINÉE !

ÇA TE PRÉOCCUPE ?
N... NON...
ERIO !
WILL ?
HUF ハァ
HUF ハァ
AIDE-MOI !
MON GRAND FRÈRE A DES PROBLÈMES !
ガッ PLAF

VOUS N'AVEZ PAS REMPLI VOTRE PART DU MARCHÉ !
VOUS M'AVEZ REFOURGUÉ DE LA CAMELOTE !
ROH, C'EST PAS GENTIL DE DIRE ÇA !
C'EST UN BOÎTIER ÉLECTRIQUE TOUT CE QU'IL Y A DE PLUS AUTHENTIQUE ...
À CECI PRÈS QU'IL N'Y A PAS D'ÉLECTRICITÉ DEDANS, VOILÀ TOUT !
HA HA HA HA
OR-DURES ...
ガッ
BROM
TU SAIS, IL FAUT BEAUCOUP D'ARGENT POUR PRODUIRE DE L'ÉLECTRI-CITÉ...
BIEN PLUS QUE CE QU'UN NABOT DANS TON GENRE POURRA JAMAIS GAGNER !

ALLEZ, SALUT...
AVEC NOS REMERCIEMENTS !
GRAND FRÈRE !
C'EST UN BOÎTIER ÉLECTRIQUE, ÇA ?
EUH... OUI...
ERIO...
MAIS IL EST HORS D'USAGE. JE NE PEUX RIEN EN FAIRE.
ILS M'ONT BIEN EU !
ÇA PÈSE UNE TONNE !
OUI, PARCE QU'IL EST CONSTITUÉ DE PLOMB...

EST-CE QU'ON PEUT FAIRE QUELQUE CHOSE, ANGE ?
JE CRAINS QUE CETTE BATTERIE NE SOIT SULFATÉE ...
MAIS PEUT-ÊTRE QU'EN Y CHARGEANT UN COURANT PULSÉ À HAUTE FRÉQUENCE...
QU'EST-CE QUE VOUS RACONTEZ ?
VOUS VOULEZ BIEN FERMER LES YEUX QUELQUES INSTANTS ?
ERIO ?
COMMENT EST-CE POSSIBLE ?

TU ES SÛRE QUE ÇA VA MARCHER ?
HMM... C'EST VRAI QU'ILS ONT ESSAYÉ DE T'AVOIR, AVEC CETTE BATTERIE, MAIS J'AI BON ESPOIR MAINTENANT !
BON, D'ACCORD ...
QUI NE TENTE RIEN N'A RIEN !

FSHAAA
ÇA MARCHE !

YOUPIII !
ON A RÉUSSI, ALEC !
O... OUAIS !
DIS DONC !
CE SERAIT PAS DE L'ÉLECTRICITÉ, ÇA ?!
ALLONS, MONSIEUR L'AGENT, DÉTENDEZ-VOUS !
C'EST LA FÊTE, QUE DIABLE !
OUI, C'EST VRAI...
ON A BIEN LE DROIT DE PROFITER DES BELLES CHOSES, POUR UNE FOIS !
ALEC...
JE TE DEMANDE PARDON, POUR TOUT À L'HEURE...
NON, C'EST MOI...
Wiiiz

パァァァ
PAAAM
ヒュ～
パパ
PAM
パパ
PAM
パパ
PAM
ヒュ
Wiiiz
パ
PAM
パ
PAM
パ
PAM
パ
PAM
パ
PAM
パ
PAM
ド
BOM
ド
BOM
ド
BOM
ド
BOM
ド
BOM

CHAPITRE 5 · *La vie continue*

TA MUSIQUE EST FASCINANTE.
EUH... VRAIMENT ?
CONTINUE DE JOUER, SI JE NE TE DÉRANGE PAS.
JE T'AI DÉCONCENTRÉ ?
N... NON, NE T'EN FAIS PAS.
BON, D'ACCORD, TRÈS BIEN...
AH... MAIS...
TU VEUX ENTRER ?
TU POURRAS MIEUX M'ÉCOUTER.

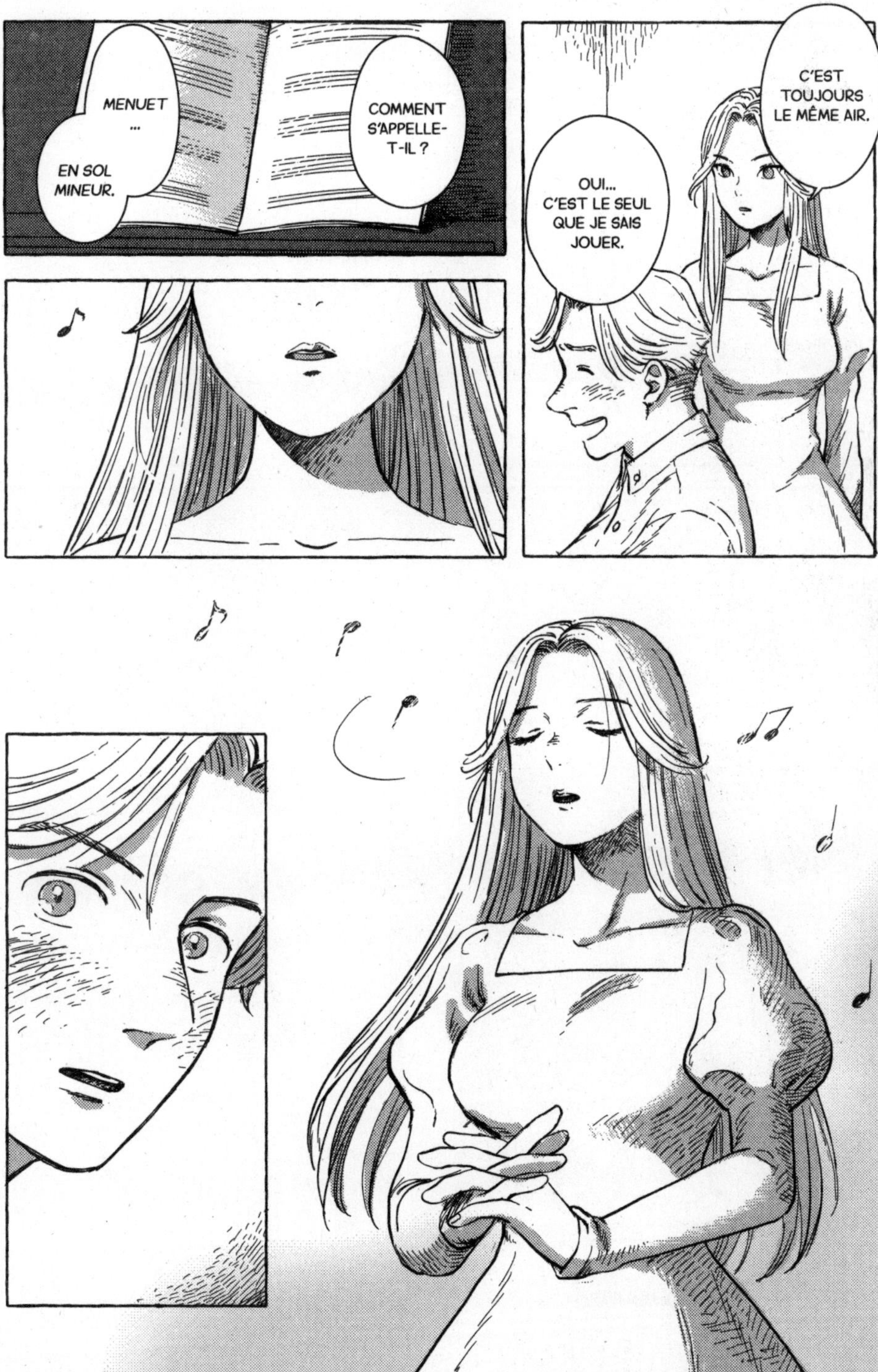
C'EST TOUJOURS LE MÊME AIR.
OUI... C'EST LE SEUL QUE JE SAIS JOUER.
COMMENT S'APPELLE-T-IL ?
MENUET ... EN SOL MINEUR.

TU AS UNE TRÈS BELLE VOIX !
AH OUI ?
J'AI POURTANT UN TIMBRE STANDARD.
EH BIEN...
MOI, JE L'AIME.
TU L'AIMES ?
QU'EST-CE QUE ÇA SIGNIFIE ?
QUE TU LUI ATTRIBUES UNE VALEUR ?
ALORS ÇA... EN VOILÀ UNE QUESTION PHILOSO-PHIQUE !
LA VALEUR, C'EST CE QU'ON PLACE DANS UN OBJET...
TANDIS QUE L'AMOUR, C'EST CE QU'ON LOGE DANS NOTRE CŒUR.
TU VEUX PARLER DE LA VALVE MUSCULAIRE QUI SE TROUVE DANS TA POITRINE ?
EUH ...

CRAC
ON EST RENTRÉES !
FROUP
TU CROIS QUE MONSIEUR STRAUSS EST ALLÉ SE COUCHER ?
C'EST ÉTRANGE.
JE PERÇOIS DE TRÈS FAIBLES SIGNES VITAUX...
DANS UNE AUTRE PIÈCE QUE SA CHAMBRE.
C'EST LA SALLE DE MUSIQUE.

MON-SIEUR STRAUSS !
SON CŒUR BAT TRÈS LENTE-MENT.
PORTONS-LE JUSQUE DANS SON LIT.
BON...
JE VAIS APPELER LE MÉDECIN !
A... ATTENDS...
ÇA NE SERA PAS NÉCESSAIRE ...

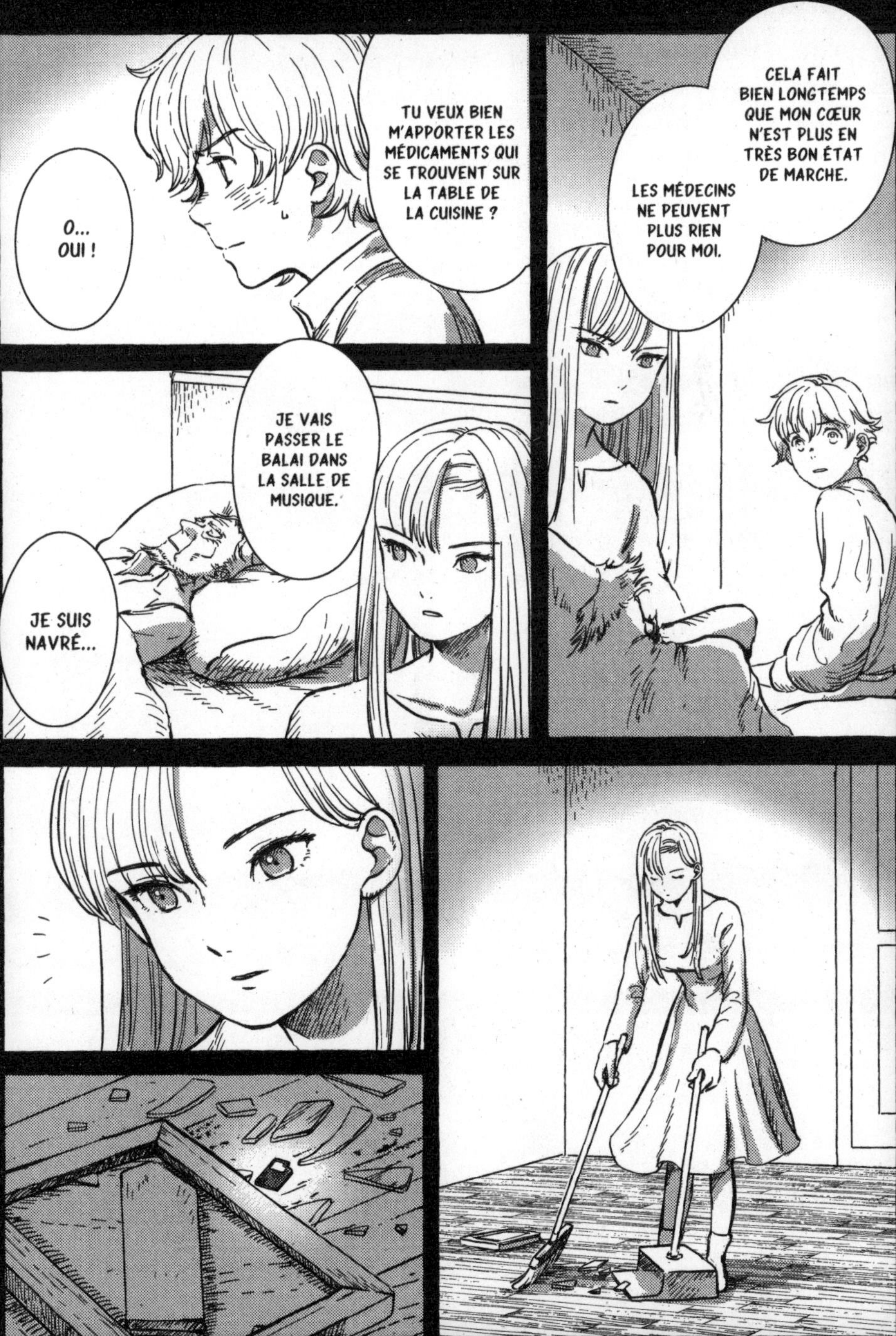

CELA FAIT BIEN LONGTEMPS QUE MON CŒUR N'EST PLUS EN TRÈS BON ÉTAT DE MARCHE.
LES MÉDECINS NE PEUVENT PLUS RIEN POUR MOI.
TU VEUX BIEN M'APPORTER LES MÉDICAMENTS QUI SE TROUVENT SUR LA TABLE DE LA CUISINE ?
O... OUI !
JE VAIS PASSER LE BALAI DANS LA SALLE DE MUSIQUE.
JE SUIS NAVRÉ...

MERCI...
JE ME SENS UN PEU MIEUX.
J'AI TROUVÉ CECI...
PARMI LES MORCEAUX DE VERRE BRISÉ.
C'EST TOUT CE QUI RESTE DE MENUETTE.
CE TYPE DE CARTES MÉMOIRE SANS CONTACT...
SERT À COMMUNIQUER DES INFORMATIONS CONFIDENTIELLES.
MONSIEUR STRAUSS...
MENUETTE ÉTAIT UNE IA ESPIONNE.

À L'ÉPOQUE, VOTRE PÈRE ÉTAIT LE GÉNÉRAL DE CORPS D'ARMÉE RESPONSABLE DE LA LIGNE DE DÉFENSE DE LA CAPITALE.
VOUS ÉTIEZ SANS DOUTE LA PERSONNE DE SON ENTOURAGE LA PLUS FACILE À APPROCHER.
OUI, JE LE SAIS.
QU'EST-CE QUE TU RACONTES, MENUETTE ?
JE NE COMPRENDS PAS POURQUOI TU ME DIS DE FUIR !
DANS QUELQUES MINUTES, DES DRONES VONT LANCER UN RAID SUR UN SITE DE DÉPLOIEMENT D'ARTILLERIE À LONGUE PORTÉE...
ET UN DÉLUGE DE FEU VA S'ABATTRE SUR LA VILLE.
TU...
TU T'ES JOUÉE DE MOI !

IL FAUT QUE JE PRÉVIENNE LES HABITANTS !
VRRRRR
BROOOM

POURQUOI...
MENUETTE ?

ET PUIS, J'AI PERDU CONNAIS-SANCE.
QUAND J'AI ROUVERT LES YEUX, J'ÉTAIS ALLONGÉ SUR LE SOL.
LA VILLE ÉTAIT DÉVASTÉE.
LA MOITIÉ DES BÂTIMENTS ÉTAIT EN RUINE...
LA PLUPART DES HABITANTS AVAIENT PÉRI...
ET AU CŒUR DE LA CITÉ, J'AI TROUVÉ...

UN ANGE ?
UN ANGE DESCENDU DU CIEL...
OUI...
IL A ABATTU NOS ENNEMIS UN À UN...
JE NE COMPTE PLUS LE NOMBRE DE GENS QUI RACONTENT L'AVOIR VU...
D'APRÈS EUX, C'EST GRÂCE À CET ANGE QUE LA VILLE N'A PAS ÉTÉ COMPLÈTEMENT RASÉE.
BIEN SÛR, CE N'EST QU'UNE RUMEUR.
IL A FALLU PLUSIEURS ANNÉES POUR RECONSTRUIRE NOTRE CITÉ...
ET ON S'EST MIS À CÉLÉBRER LA FÊTE DES ÉTOILES POUR COMMÉMORER LES VICTIMES DE LA GUERRE.

MAIS MOI...
J'AI GARDÉ LA VÉRITÉ POUR MOI...
ET JE ME SUIS LANCÉ DANS DES RECHERCHES SUR L'INTELLIGENCE ARTIFICIELLE PAR LE BIAIS DU CENTRE D'ÉTUDES DE L'ARMÉE.
C'EST UNE TECHNOLOGIE PERDUE QUI AVAIT ÉTÉ DÉVELOPPÉE PAR NOS ANCÊTRES ET QUI A FINI PAR SE RETOURNER CONTRE NOUS.
MIEUX CONNAÎTRE NOTRE ENNEMI ÉTAIT UNE MISSION ESSENTIELLE.
JE ME SUIS CONSACRÉ CORPS ET ÂME À CETTE TÂCHE EN ESSAYANT DE ME CONVAINCRE...
QUE CE SERAIT POUR MOI LE CHEMIN DE LA RÉDEMPTION.
MAIS LA SEULE CHOSE QUI OCCUPAIT RÉELLEMENT MES PENSÉES...
C'ÉTAIT MENUETTE.

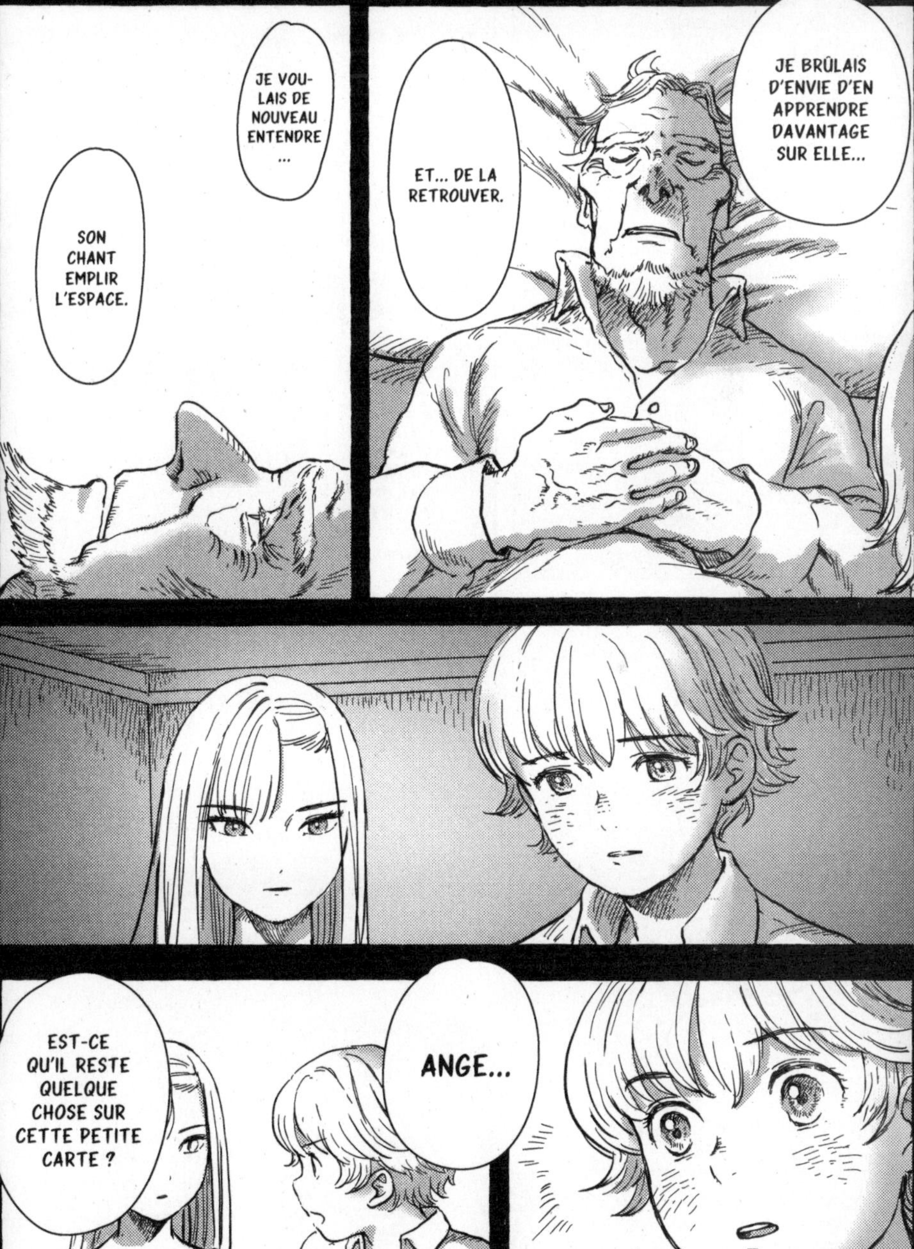
JE BRÛLAIS D'ENVIE D'EN APPRENDRE DAVANTAGE SUR ELLE...
ET... DE LA RETROUVER.
JE VOU-LAIS DE NOUVEAU ENTENDRE ...
SON CHANT EMPLIR L'ESPACE.
ANGE...
EST-CE QU'IL RESTE QUELQUE CHOSE SUR CETTE PETITE CARTE ?

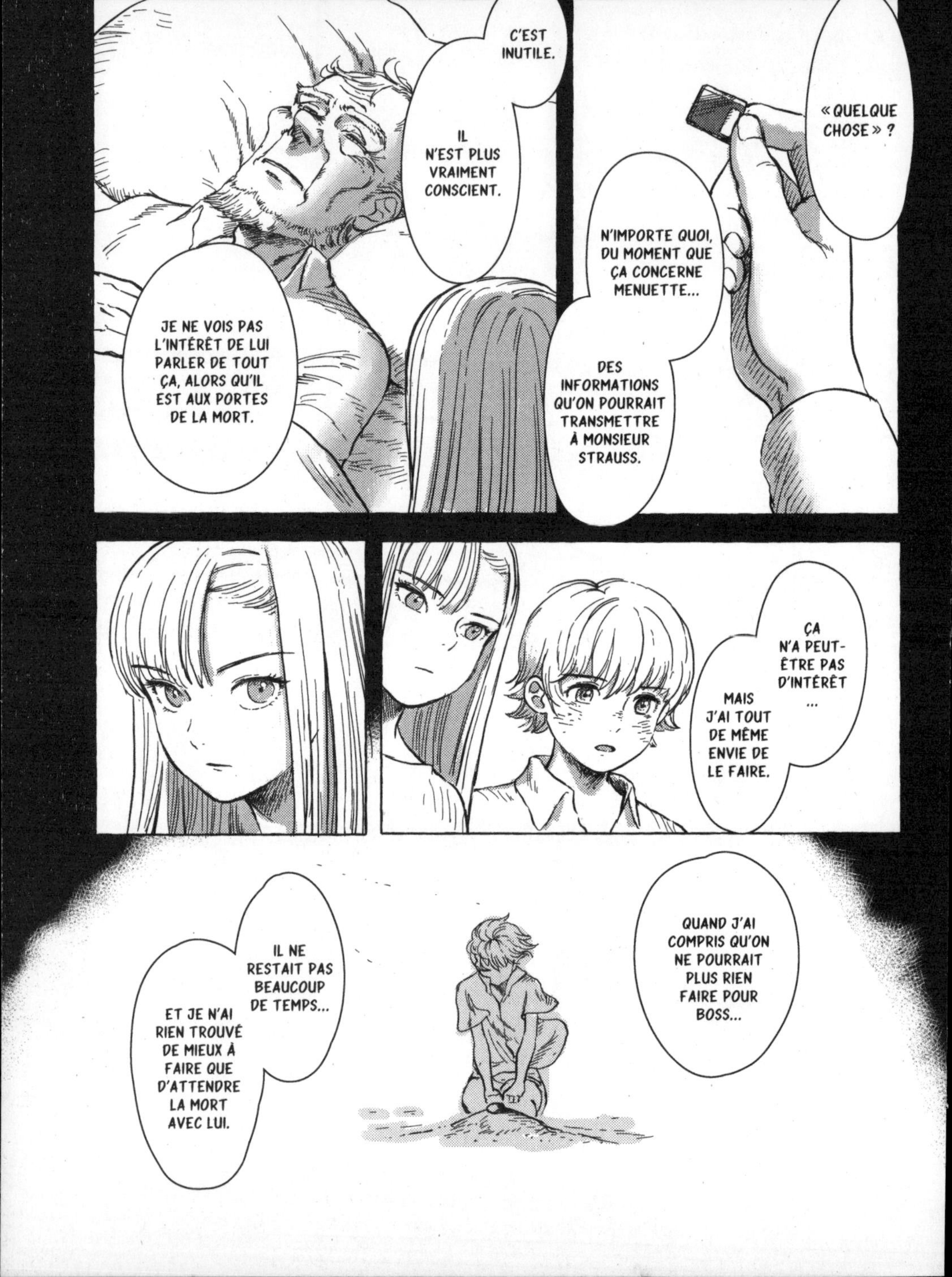
« QUELQUE CHOSE » ?
N'IMPORTE QUOI, DU MOMENT QUE ÇA CONCERNE MENUETTE...
DES INFORMATIONS QU'ON POURRAIT TRANSMETTRE À MONSIEUR STRAUSS.
C'EST INUTILE.
IL N'EST PLUS VRAIMENT CONSCIENT.
JE NE VOIS PAS L'INTÉRÊT DE LUI PARLER DE TOUT ÇA, ALORS QU'IL EST AUX PORTES DE LA MORT.
ÇA N'A PEUT-ÊTRE PAS D'INTÉRÊT ...
MAIS J'AI TOUT DE MÊME ENVIE DE LE FAIRE.
QUAND J'AI COMPRIS QU'ON NE POURRAIT PLUS RIEN FAIRE POUR BOSS...
IL NE RESTAIT PAS BEAUCOUP DE TEMPS...
ET JE N'AI RIEN TROUVÉ DE MIEUX À FAIRE QUE D'ATTENDRE LA MORT AVEC LUI.

ALORS, JE VOUDRAIS QUE LES DERNIERS INSTANTS DE MONSIEUR STRAUSS...
BRILLENT DU MÊME ÉCLAT QUE LE PLUS PRÉCIEUX DES TRÉSORS.
J'AI LA CONVICTION ...
QU'IL N'EST PAS DE MISSION PLUS SACRÉE POUR NOUS, QUI ALLONS RESTER...
DU CÔTÉ DES VIVANTS.
CE CONCEPT M'ÉCHAPPE ...
MAIS...
JE SUPPOSE QUE C'EST HUMAIN.

TA VOIX EST...
LE PLUS BEAU DES JOYAUX. ...
AAAH...
MENUETTE ...
JE TE RETROUVE ENFIN...

IL N'Y AVAIT AUCUNE INFORMATION SECRÈTE...
SUR CETTE CARTE MÉMOIRE.
SEULEMENT DES FRAGMENTS DES SOUVENIRS DE MENUETTE AVEC MONSIEUR STRAUSS...
EN TRÈS GRANDE QUANTITÉ.
JE ME DEMANDE...
POURQUOI ELLE LES AVAIT CONSERVÉS.

MOI...
JE CROIS QUE TU CONNAIS DÉJÀ LA RÉPONSE, ANGE.
ERIO ...
ALEC, WILL...
PRENEZ-SOIN DE VOUS !
ALORS, VOUS PARTEZ ?
OUI.
NOUS N'AVONS PLUS D'ENDROIT OÙ LOGER.

EUH... SI VOUS VOULEZ...
VOUS POUVEZ VENIR CHEZ NOUS...
NON.
VOUS ÊTES DÉJÀ ASSEZ À L'ÉTROIT COMME ÇA.
ずーん
ZLAAAM
NE PLEURE PAS, ALEC !
MAIS MERCI !
ERIO...
IL TE RESTE ENCORE DES CHOSES À APPRENDRE À PROPOS DES HUMAINS.

SANS BLAGUE !
C'EST BIEN POUR ÇA QU'ON REPART SUR LES ROUTES, NON ?
MOI, JE POURRAIS ALLER JUSQU'AU BOUT DU MONDE, TANT QU'ON RESTE ENSEMBLE, TOUTES LES DEUX !
HÉ ! ATTENDS !
TAP すた
TAP すた
NOUS AVONS DU CHEMIN À FAIRE POUR REJOINDRE LA PROCHAINE VILLE.
DÉPÊCHE-TOI, SI TU NE VEUX PAS DORMIR À LA BELLE ÉTOILE.
TOI, ALORS ! TOUJOURS AUSSI STRICTE !
EN MÊME TEMPS, C'EST CE QUE J'AIME CHEZ TOI ! ♡
CES SENTIMENTS N'ONT PAS DE SENS POUR MOI.

ERIO AND THE ELECTRIC DOLL 1

LE MONDE APRÈS LA GUERRE

Dans les derniers soubresauts de la guerre, les hommes ont achevé de démanteler les infrastructures électriques et, par extension, un grand nombre de centrales nucléaires. À cause de la contamination radioactive, beaucoup de zones sont devenues inhabitables pour les siècles à venir, provoquant ainsi un inévitable déclin de la population.
Les frontières des États n'ont pas changé, mais les moyens de déplacement sont désormais limités aux bateaux et aux dirigeables. Les machines à vapeur, quant à elles, ont connu un essor considérable et sont utilisées dans tous les domaines grâce à leurs dimensions raisonnables et à leur efficacité.

LE PHARE OÙ VIVAIENT ANGE ET ERIO

Le monde a beau être débarrassé de tout système électrique, il reste malgré tout des infrastructures essentielles dotées d'un système autonome, complètement isolé du réseau.
Ce phare en fait partie. Plusieurs gardiens successifs et leurs familles ont continué d'y assurer la sécurité des navires, mais au sortir de la guerre, les lieux ont été désaffectés.

ERIO AND THE ELECTRIC DOLL 2

LES POUPÉES ÉLECTRIQUES

Au cours des cent années de guerre qui ont vu s'affronter les humains et les IA, l'armement de l'humanité est passé d'un équipement purement électronique à des engins pilotés manuellement par des êtres vivants. En réponse, Metis a développé ses propres armes autonomes : les androïdes, parfaitement capables de manipuler les machines des hommes. Elles ont été dotées d'une apparence juvénile afin d'endormir tout soupçon.

Ces androïdes, rebaptisées « poupées électriques », n'ont pas manqué d'effrayer les responsables militaires, mais leur existence a été cachée aux soldats moins gradés et à la population civile afin d'éviter que se développe un sentiment généralisé de paranoïa.

Ange, une androïde immatriculée ANJ32768, semble avoir une quinzaine d'années au moment de l'histoire, mais elle est en fait en service depuis soixante-dix ans.

CHAPITRE 6 • *Un ciel sans étoiles*

J'AI...
FAIIIM !
UN PEU DE PATIENCE, ON EST PRESQUE ARRIVÉES.
« PRESQUE » COMMENT ?
TU AS RAISON, CE N'EST PAS ASSEZ PRÉCIS.
IL NOUS RESTE DEUX HEURES DE MARCHE.
HÉ !

JE N'ARRIVERAI PAS À FAIRE UN PAS DE PLUS !
TU PEUX RESTER COUCHÉE LÀ, SI ÇA TE CHANTE.
MOI, J'AVANCE.
PORTE-MOIII...
AH BON ?
TU ES SÛRE QUE TU NE VAS PAS LE REGRETTER ...
QUAND TU NE POURRAS PLUS RECHARGER TES BATTERIES ?
MOI, JE CROIS QUE TU VAS VITE TE RETROUVER À COURT D'ÉNERGIE ET QUE TU NE POURRAS PLUS AVANCER !

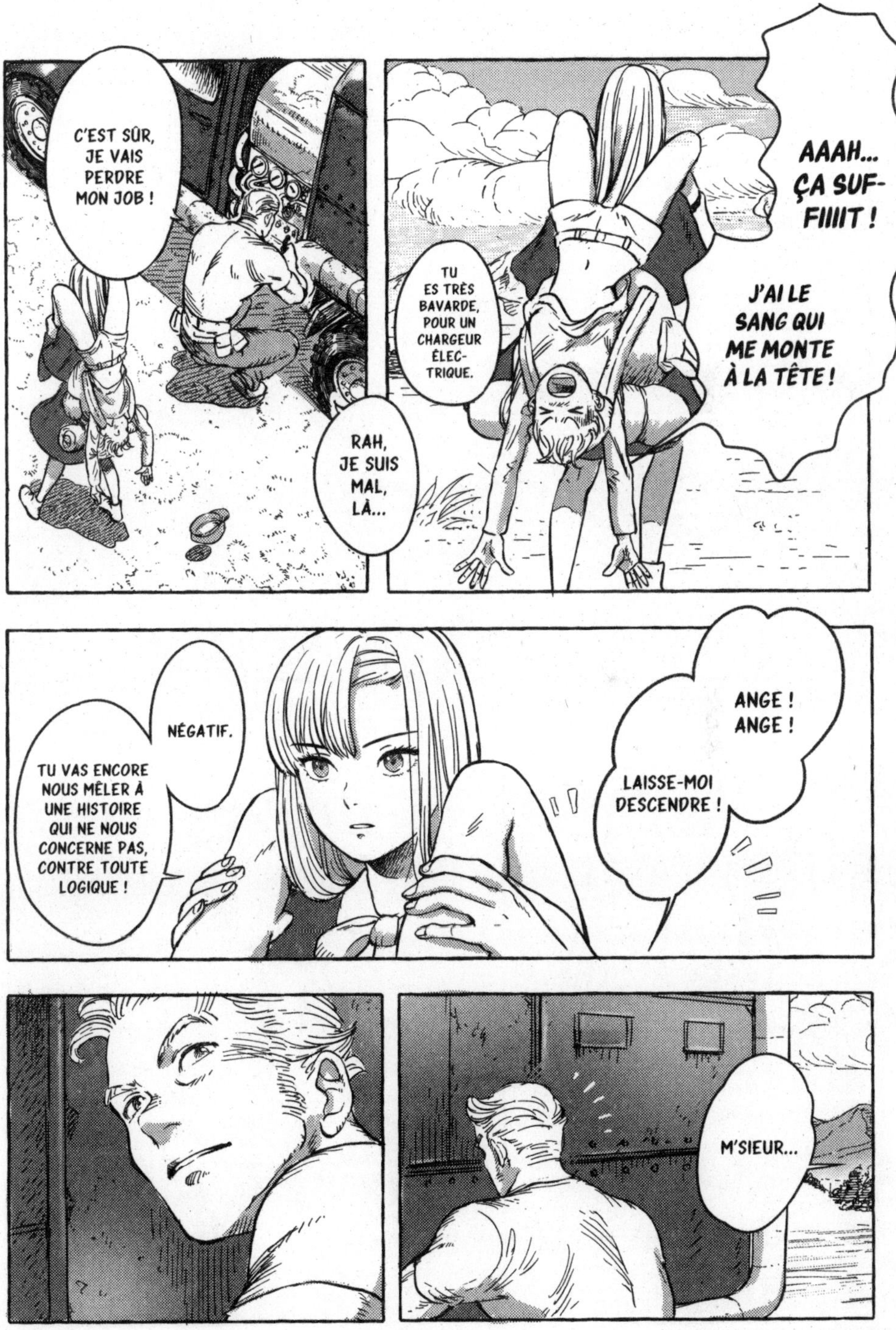
AAAH... ÇA SUF-FIIIIT !
J'AI LE SANG QUI ME MONTE À LA TÊTE !
TU ES TRÈS BAVARDE, POUR UN CHARGEUR ÉLEC-TRIQUE.
RAH, JE SUIS MAL, LÀ...
C'EST SÛR, JE VAIS PERDRE MON JOB !
ANGE ! ANGE !
LAISSE-MOI DESCENDRE !
NÉGATIF.
TU VAS ENCORE NOUS MÊLER À UNE HISTOIRE QUI NE NOUS CONCERNE PAS, CONTRE TOUTE LOGIQUE !
M'SIEUR...

MON MOTEUR EST TOMBÉ EN PANNE D'UN COUP.
ÇA VA, DITES ?
QU'EST-CE QUI VOUS ARRIVE ?
JE SUIS BIEN TENTÉ DE TE RETOURNER LA QUESTION...
LE PROBLÈME, C'EST QUE JE DOIS ABSOLUMENT LIVRER CE CHARGEMENT EN VILLE...
ET JE DOIS AVOUER QUE JE NE SUIS PAS TRÈS DOUÉ EN MÉCANIQUE.
EN VILLE ?

DITES, SI ON VOUS AIDAIT À LE RAFISTOLER, VOTRE MOTEUR ...
VOUS ACCEPTERIEZ DE NOUS DÉPOSER EN VILLE ?
HEIN ?
Y A PAS PLUS RATION-NEL ! PAS VRAI, ANGE ?
ET QUI EST CENSÉ LE RÉPARER ?
TU SAIS BIEN QUE J'EN SUIS INCAPABLE !
L'UN DES MANO-MÈTRES NE FONCTIONNE PLUS.
LE DISPOSITIF DE SÉCURITÉ A DÛ LE DÉTECTER ET S'ENCLENCHER.
SI JE LE RÉINITIALISE, ON DEVRAIT POUVOIR REGAGNER LA VILLE SANS ENCOMBRE.
OOOH ...
KSHHH...

JE TE DOIS UNE FIÈRE CHANDELLE !
T'ES SACRÉMENT CALÉE EN MÉCANIQUE !
シュ TCHOU
シュ TCHOU
シュ TCHOU
J'AI ENREGISTRÉ UNE GRANDE QUANTITÉ DE DONNÉES CONCERNANT LES MACHINES UTILISÉES PAR LES HUMAINS.
HA HA !
À T'ÉCOUTER PARLER, ON CROIRAIT QUE T'ES UNE MACHINE, TOI AUSSI !
AU FAIT, DANNY...
QU'EST-CE QUE VOUS TRANSPORTEZ, AU JUSTE ? ÇA A L'AIR VOLUMINEUX.
ÇA !
C'EST QUOI ?

DES DÉCHETS ?
QU'EST-CE QUE VOUS EN FAITES ?
ÇA S'APPELLE DU PLASTIQUE.
CE SONT DES DÉCHETS HÉRITÉS DU SIÈCLE DERNIER.
ON LES TRANSFORME EN COMBUSTIBLE SOLIDE POUR ALIMENTER LES MACHINES À VAPEUR.
C'EST TRÈS PRÉCIEUX QUAND ON SAIT COMBIEN LE CHARBON ET LE PÉTROLE SONT DEVENUS RARES, DE NOS JOURS.
D'ACCORD...

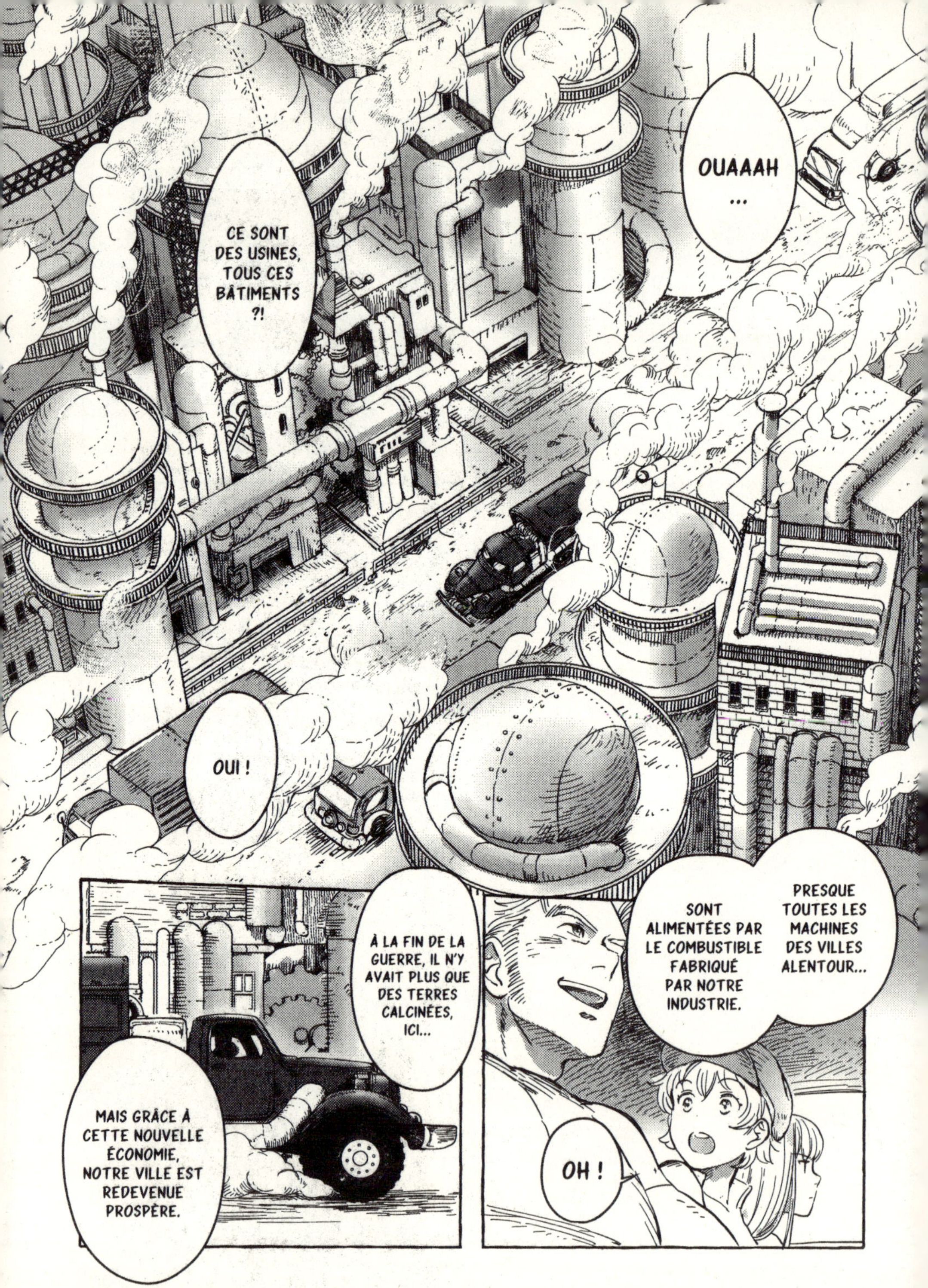
OUAAAH ...
CE SONT DES USINES, TOUS CES BÂTIMENTS ?!
OUI !
PRESQUE TOUTES LES MACHINES DES VILLES ALENTOUR...
SONT ALIMENTÉES PAR LE COMBUSTIBLE FABRIQUÉ PAR NOTRE INDUSTRIE.
OH !
À LA FIN DE LA GUERRE, IL N'Y AVAIT PLUS QUE DES TERRES CALCINÉES, ICI...
MAIS GRÂCE À CETTE NOUVELLE ÉCONOMIE, NOTRE VILLE EST REDEVENUE PROSPÈRE.

QU'EST-CE QUE VOUS ALLEZ FAIRE, MAINTENANT ?
ON DOIT TROUVER UN TOIT AVANT LA TOMBÉE DE LA NUIT.
MERCI ENCORE, DANNY !
DE RIEN.
FAITES ATTENTION À VOUS !
VOUS POUVEZ VENIR CHEZ MOI, SI VOUS VOULEZ.
ON DEVRAIT POUVOIR VOUS FAIRE DE LA PLACE.
JE VOIS...
MAIS VOUS SAVEZ... ICI, IL N'Y A QUE DES LOGEMENTS POUR LES OUVRIERS.
ERIO...
TU ACCORDES TROP FACILEMENT TA CONFIANCE AUX GENS QUE NOUS CROISONS.
MAIS IL EST GENTIL, DANNY !
VRAI-MENT ?!
SANS FAÇON.

RESTEZ AU MOINS POUR LE DÎNER, ALORS !
LA TOURTE À LA VIANDE DE MARY, MA FEMME, EST UN RÉGAL !
TU NE LE SAIS PEUT-ÊTRE PAS, MAIS...
CHEZ LES HUMAINS, LES INDIVIDUS MALINTENTIONNÉS ONT SOUVENT L'APPARENCE D'HONNÊTES CITOYENS.
J'AI DONC LA TÊTE D'UN HONNÊTE CITOYEN. JE VAIS LE PRENDRE COMME UN COMPLIMENT.
NON MER...
AVEC PLAISIR !
GROUIIIK...
BIENVENUE À LA MAISON !
ÇA FAISAIT UNE ÉTERNITÉ QUE NOUS N'AVIONS PAS REÇU DU MONDE !
DANNY ...
TU VEUX BIEN SORTIR LA TOURTE DU FOUR ?
OUI !

ALORS COMME ÇA...
VOUS VOYAGEZ TOUTES SEULES ?
VOS PARENTS DOIVENT ÊTRE MORTS D'INQUIÉTUDE.
PAS DU TOUT.
NOUS N'AVONS PAS DE PARENTS.
OUPS...
JE SUIS DÉSOLÉE, EXCUSEZ-MOI SI JE SUIS INDISCRÈTE...
HEIN ?
C'EST VRAI QUE BEAUCOUP D'ENFANTS SONT RESTÉS ORPHELINS, À LA FIN DE LA GUERRE.
ÇA NE FAIT ENCORE QUE DIX ANS, APRÈS TOUT.

NOUS NE VOULONS SURTOUT PAS QUE NOTRE BÉBÉ ...
CONNAISSE UN JOUR LA MÊME TRAGÉDIE.
OUI !
HUMPF
ÉCOUTEZ...
VOUS N'AVEZ PLUS DE SOUCIS À VOUS FAIRE !
VOUS POURREZ RESTER ICI AUSSI LONGTEMPS QUE VOUS SÉJOURNEREZ DANS NOTRE VILLE !
OH... MAIS...
J'Y TIENS, VRAIMENT !
S'IL VOUS PLAÎT !

C'EST SI TRISTE QUE ÇA...
DE NE PAS AVOIR DE PARENTS ?
J'AI DU MAL À LE CONCEVOIR... PARCE QUE MOI...
JE NE ME SOUVIENS QUE DE MA VIE AVEC TOI, DANS NOTRE PHARE...
TIENS, ÇA ME FAIT PENSER QU'IL NE SEMBLE PAS Y AVOIR D'ÉTOILES, ICI.
ON EN VOYAIT DES MILLIERS, SUR NOTRE PRESQU'ÎLE...
LA FUMÉE DES USINES DOIT LES CACHER.
C'EST DOMMAGE...

TU AS LE MAL DU PAYS ?
TIENS ...
EN VOILÀ UNE...
AH, NON !
C'EST UN INSECTE ?
OOOH...
REGARDE, IL Y EN A PLEIN, EN FAIT !
ON VA VOIR DEHORS ?!

OUAAAH !
REGARDE, ANGE ! REGARDE !
UNE BESTIOLE ÉLECTRIQUE EST VENUE ME DIRE BONJOUR !
CE SONT DES LUCIOLES.
CE N'EST PAS GRÂCE À L'ÉLECTRICITÉ QU'ELLES PRODUISENT DE LA LUMIÈRE, MAIS PAR UNE RÉACTION CHIMIQUE QUI SE PRODUIT ENTRE LES MOLÉCULES BIOLUMINESCENTES DE LUCIFÉRINE ET DES ENZYMES APPELÉS « LUCIFÉRASES ».

CELA DIT, TU AS RAISON...
JE RESSENS UNE TRÈS LÉGÈRE CHARGE ÉLECTRIQUE ÉMANANT DE CET INSECTE.
ÇA RESSEMBLE À UNE LUCIOLE, MAIS ÇA N'EN EST PAS UNE.
C'EST PEUT-ÊTRE UNE AUTRE ESPÈCE...
À MOINS QUE CES CRÉATURES N'AIENT ÉTÉ CRÉÉES ARTIFICIEL-LEMENT...
AAANGE !
J'AI COMME L'IMPRESSION QU'ELLES SE NOURRISSENT D'ÉLECTRICITÉ !
ELLES NE VENAIENT PAS ME DIRE BONJOUR, EN FAIT !
PSHHH ! PSHHH !
ARRÊTEZ ! JE NE SUIS PAS VOTRE REPAS !

IL FAUT DIRE QUE TU SUINTES DE PARTOUT !
MAIS ÇA NE SE DIT PAS !
IL S'EST PASSÉ TELLEMENT DE CHOSES AUJOURD'HUI QUE JE N'AI PAS EU LE TEMPS DE ME DÉCHARGER !
LAISSE-LES DONC S'ABREUVER.
MOI, JE RETOURNE À L'INTÉRIEUR.
ANGE, ATTENDS !

TU SAIS, JE NE SONGE PAS UN INSTANT À RETOURNER DANS NOTRE PHARE...
TANT QUE TU ES AVEC MOI, JE ME SENS À LA MAISON.
ET TOI, ANGE ?
EST-CE QUE JE SUIS TON HAVRE DE PAIX AUSSI ?
?
PAS DU TOUT.
J'ÉTAIS SÛRE QUE TU DIRAIS ÇA !
ET ÇA TE FAIT PLAISIR ?

CHAPITRE 7 • Le labyrinthe de fer

QUE JE VOUS ACCOMPAGNE SUR LA ROUTE POUR M'OCCUPER DES ÉVENTUELLES RÉPARATIONS ?
C'EST QUE CE CAMION TOMBE SOUVENT EN PANNE ...
ET NOTRE MÉCANICIEN VIENT TOUT JUSTE DE PARTIR.
DISONS QUE C'EST PROVISOIRE, EN ATTENDANT QU'ON EN TROUVE UN NOUVEAU !
BIEN SÛR, TU SERAIS RÉMUNÉRÉE.
BON, JE VEUX BIEN VOUS AIDER...
À CONDITION QUE VOUS DONNIEZ AUSSI UN TRAVAIL À ERIO.

PEUT-ÊTRE QU'ELLE POURRAIT PORTER MES COURSES ?
ÇA DEVIENT DE PLUS EN PLUS DIFFICILE, DANS MON ÉTAT.
INUTILE DE LA PAYER, VU QU'ELLE NE SAIT RIEN FAIRE.
L'OISIVETÉ NE LUI RÉUSSIT PAS. ELLE TROUVE TOUJOURS LE MOYEN DE S'ATTIRER DES PROBLÈMES.
T'ES VRAIMENT PAS GENTILLE !
ÇA, C'EST DANS MES CORDES !
OUI, VOILÀ !
ÇA N'A PAS DE SENS.
TU SAIS QUOI ?
MARY A DIT QUE TU TE COMPORTAIS COMME SI J'ÉTAIS TON ENFANT.

C'EST PARCE QUE TU T'INQUIÈTES TOUJOURS POUR MOI...
ET QUE TU PRENDS SOIN DE MOI.
JE N'AI PAS LE CHOIX.
TU AS ENCORE BEAUCOUP TROP DE LACUNES POUR POUVOIR ÊTRE INDÉPENDANTE.
PEUT-ÊTRE, MAIS...
C'EST TOI QUI M'AS ÉLEVÉE JUSQU'À PRÉSENT.
PAS ÉTONNANT QUE TU FINISSES PAR TE COMPORTER COMME UNE MÈRE.
« SAINT-PAULIA » ...

C'EST AINSI QUE S'APPELAIT CETTE VILLE, AUTREFOIS.
IL Y A UN SIÈCLE À PEINE, C'ÉTAIT LE CENTRE ÉCONOMIQUE, POLITIQUE ET CULTUREL DU PAYS.
DE HAUTS BUILDINGS S'ÉLEVAIENT DANS LE CIEL.
C'ÉTAIT UNE MÉGALOPOLE QUI ABRITAIT PLUSIEURS DIZAINES DE MILLIONS D'HABITANTS.
MAIS LORSQUE LA GUERRE A COMMENCÉ...
ELLE EST VITE DEVENUE LA CIBLE NUMÉRO UN DES IA.
DES IMAGES DE SON APOGÉE SONT ENCORE STOCKÉES DANS MA MÉMOIRE.
CE SONT DES DONNÉES PARTAGÉES ENTRE TOUTES LES IA DE METIS.

MAIS UNE BOMBE À ANTI-MATIÈRE...
A TOUT PULVÉRISÉ EN L'ESPACE D'UNE SECONDE.
NOS HÔTES ONT PARLÉ DE TOUS LES ENFANTS QUI AVAIENT PERDU LEURS PARENTS DANS LES AFFRONTEMENTS... EH BIEN, TOUS CES GENS...
C'EST NOUS QUI LES AVONS TUÉS.
TU COMPRENDS, ERIO ?
IL FAUT QUE TU ARRÊTES DE T'ATTACHER À MOI.
POURQUOI ?

C'EST À MOI DE DÉCIDER CE QUE JE RESSENS POUR TOI, ET À PERSONNE D'AUTRE !
ALORS, POURQUOI TU DIS ÇA, HEIN ?!
PARCE QUE TU ES ENCORE TROP JEUNE POUR PRENDRE TES PROPRES DÉCISIONS.
C'EST AUSSI SIMPLE QUE ÇA.
ANGE ?
TU ES PRÊTE ? C'EST L'HEURE.
J'ARRIVE.

TU AVAIS BESOIN...
D'ÊTRE RECHARGÉE.
MERCI.
KLAM!
バタン!!

OH, ERIO, TU ME SAUVES LA VIE !
TU NE COMPRENDS RIEN À RIEN ...
ANGE...
ÇA NE ME DEMANDE AUCUN EFFORT !
ÇA VA ?
EUH...
OUI, OUI, CE N'EST RIEN.

JE TROUVE ÇA INCROYABLE.
QUAND JE PENSE QU'IL Y A UN BÉBÉ DANS VOTRE VENTRE...
HÉ HÉ ...
QUAND EST-CE QU'IL DOIT NAÎTRE ?
DANS DEUX MOIS, ENVIRON.
POUIC
ポコン
JE L'AI VU BOUGER !
OUI, IL EST PLEIN DE VIGUEUR !
C'EST PEUT-ÊTRE SA FAÇON DE TE DIRE BONJOUR...
VOUS CROYEZ ?!
EH BIEN...

ATTENTION !
ドシャッ
SPLAF
EST-CE QUE ÇA VA ?
OUI, MERCI !
J'AI DU MAL À VOIR OÙ JE MARCHE...
ZUT !
LES COURSES !

ATTENDEZ-MOI...
JE VAIS LES RAMASSER !
D'ACCORD, MAIS SOIS PRUDENTE ! C'EST DANGEREUX, PAR LÀ-BAS ...
Fwip
OH !
HÉ !
REVIENS !

RENDS-MOI...
ÇA !
FWAP
MAIS...

AAAAAH!
SHHH...
ERIO ?!
ÇA VA ?!
HMM...

ATTENDS-MOI, J'ARRIVE !
HMM...
ÇA VA ?
OUI...
ON EST OÙ ?
ON DIRAIT LES RUINES D'UN ANCIEN BÂTIMENT.
VIENS, RENTRONS.
TANT PIS POUR LES SAUCISSES, LAISSONS-LES À CE CHAT.
BRRRRR
ゴゴゴゴ

ズ DZOM
AAAH !
OH NON !
LES TRAVAUX COMMEN-CENT !
LES TRAVAUX ?
BRRRRRR...
ゴゴゴゴゴ
OUI, ILS VONT RASER CES BÂTIMENTS POUR AGRANDIR L'USINE !
KLANG
ガシャ

ATTENDEZ ! IL Y A DES GENS À L'INTÉRIEUR !
ガラ KRR
ガラ KRR
AAAH !
OH NON...
LE PASSAGE EST BLOQUÉ ...
ニャ MIAOW...

UNE OUVERTURE !
ELLE A DÛ ÊTRE CRÉÉE PAR L'ÉBOULEMENT !
PAR ICI, MARY !
J'AI L'IMPRESSION QU'ON PEUT CONTINUER PAR LÀ.
C'EST DE PLUS EN PLUS SOMBRE, ON N'Y VOIT PLUS RIEN...
IL Y A UN PEU DE LUMIÈRE PAR LÀ-BAS !

C'EST...
J'EN AVAIS DÉJÀ ENTENDU PARLER...
IL Y A PLUS DE CENT ANS ...
DES TRAINS CIRCULAIENT DANS LES SOUTERRAINS DE CETTE VILLE.

COMMENT VA-T-ON FAIRE ?
SI SEULEMENT ANGE ÉTAIT AVEC NOUS...
?
TU ES ENCORE...
TROP JEUNE POUR PRENDRE TES PROPRES DÉCISIONS.
HUMPF ...
JE PENSE QUE SI ON SUIT LE CHEMIN DE CES « TRAINS », ON DEVRAIT FINIR PAR TOMBER SUR UNE SORTIE.
ESSAYONS D'AVANCER, MARY !
OUI... D'ACCORD.
TÂCHONS DE RENTRER LE PLUS VITE POSSIBLE, DANNY.
HEIN ?
D'APRÈS MES CALCULS ...
ERIO NE DEVRAIT PAS TARDER À S'ATTIRER DES ENNUIS, À L'HEURE QU'IL EST...
AH, ELLE EST PAS MAL, CELLE-LÀ !

CHAPITRE 8 · *Lorsque tu paraîtras*

ON N'EN VOIT JAMAIS LE BOUT...
J'AI L'IMPRESSION QU'IL Y A DES SORTIES, MAIS QU'ELLES SONT TOUTES BOUCHÉES.
IL FAUT DIRE QUE LA GUERRE A TOUT DÉMOLI, À L'ÉPOQUE.
ERIO...
EST-CE QU'ON PEUT S'ARRÊTER UN INSTANT ?
EUH... BIEN SÛR.
ÇA VA ALLER ?
OUI...
JE SUIS JUSTE UN PEU FATIGUÉE.
CE N'EST PAS ÉTONNANT...
VOUS TRANSPORTEZ UN ÊTRE VIVANT À L'INTÉRIEUR DE VOUS, APRÈS TOUT !
HÉ HÉ...

J'ESPÈRE QUE LE BÉBÉ VA BIEN !
JE SUIS DÉSOLÉE...
C'EST MA FAUTE SI VOUS ÊTES TOUS LES DEUX DANS CETTE SITUATION...
NE T'EN FAIS PAS, VA.
C'EST TOI QUI M'AS SAUVÉE LA PREMIÈRE, ERIO.
TU VOIS ? IL PENSE LA MÊME CHOSE, LUI AUSSI !
AH BON ?
DITES-MOI...
QUELLE SERA LA PREMIÈRE CHOSE QUE VOUS LUI DIREZ, LORSQU'IL SERA NÉ ?

ALORS, PLUTÔT « BIENVENUE » ...
« APPRENONS À NOUS CONNAÎTRE. »
VOYONS VOIR...
JE SUPPOSE QU'IL SERAIT ÉTRANGE DE LUI DIRE « ENCHANTÉE » ...
« NOUS ALLONS VIVRE PLEIN D'AVENTURES, TOUS LES TROIS... »
« ET GOÛTER ENSEMBLE À PLEIN DE BONNES CHOSES. »
SNIF...
« PENSE À REVENIR NOUS VOIR AU MOINS UNE FOIS PAR AN. »
« ET LORSQUE TU QUITTERAS LE COCON FAMILIAL, UN JOUR... »
LÀ, VOUS BRÛLEZ LES ÉTAPES !
« JE NE SOUHAITE QU'UNE SEULE CHOSE : QUE TU GRANDISSES EN BONNE SANTÉ. »
« MERCI D'ÊTRE NÉ. »

IL EN A DE LA CHANCE, CE BÉBÉ...
D'AVOIR DES GENS QUI NE SOUHAITENT QUE SA VENUE AU MONDE...
ET QUI, DÈS SON PREMIER SOUFFLE, SE RÉJOUIRONT DU SIMPLE FAIT QU'IL SOIT EN VIE !
JE COMPRENDS MIEUX...
VOILÀ POURQUOI C'EST UNE CHANCE D'AVOIR DES PARENTS...
MARY...
MARY ?

MARY ?!
QU'EST-CE QUI SE PASSE ?!
JE CROIS QUE... JE VAIS...
ACCOUCHER.
IL NOUS FAUT DE L'AIDE...
D... D'ACCORD !
TAP TAP TAP TAP

AU SECOURS !
SI VOUS M'ENTENDEZ, VENEZ NOUS AIDER !
UNE FEMME VA ACCOUCHER !
S'IL VOUS PLAÎT !
FWOUUUSH...
PAR PITIÉ...
MARY VA... SON BÉBÉ...
IL EST...
AU SECOUUURS !
ANGE !!!

QUE S'EST-IL PASSÉ ?
JE TE CHERCHAIS.

ELLE A PERDU CONNAISSANCE À CAUSE DE LA DOULEUR ...
IL FAUT ATTENDRE QU'ELLE REVIENNE À ELLE.
ÇA VA ALLER ?
J'AI DES DONNÉES DE MÉDECINE HUMAINE ENREGISTRÉES DANS MA MÉMOIRE.
OUF!
JE VAIS FAIRE CE QUE JE PEUX.
COMMENT TU AS SU OÙ J'ÉTAIS ?
TU AVAIS FAIT TOMBER ÇA.
J'AI RÉUSSI À CREUSER UN PASSAGE ÉTROIT DANS LE SOL...
DANNY NE DEVRAIT PAS TARDER À ARRIVER AVEC LES SECOURS.
D... D'ACCORD...

ERIO...
J'AURAIS BESOIN DE TON AVIS.
À QUEL PROPOS ?
QUI CHOISIRAIS-TU ENTRE MARY ET SON ENFANT ?
SI JAMAIS JE NE POUVAIS SAUVER QUE L'UN DES DEUX...
QU... QU'EST-CE QUE TU RACONTES ?
IL FAUT LES GARDER EN VIE TOUS LES DEUX !

LE RYTHME CARDIAQUE DU BÉBÉ RALENTIT...
ET UN ACCOUCHEMENT NATUREL DANS CES CONDITIONS SERAIT TRÈS DANGEREUX POUR MARY.
LES CIR-CONSTANCES DEVRAIENT IMPOSER UNE CÉSARIENNE...
MAIS SANS ANESTHÉSIE ET SANS ÉQUIPEMENTS MÉDICAUX, LA PATIENTE A PEU DE CHANCES DE SURVIVRE.
JE... JE NE COMPRENDS PAS...
POUR RÉSUMER...
DEUX POSSIBILITÉS S'OFFRENT À NOUS. NOUS POUVONS TENTER UN ACCOUCHEMENT CLASSIQUE, AU RISQUE QUE L'ENFANT N'Y SURVIVE PAS...
OU TUER LA MÈRE POUR EXTRAIRE LE NOUVEAU-NÉ ET PRÉSERVER SA VIE.
IL FAUT CHOISIR.
JE N'EN SAIS RIEN ! JE N'EN SAIS RIEN DU TOUT !
SAUVE LES DEUX, ANGE !
JE VEUX...

QUE VOUS SAUVIEZ MON BÉBÉ, QUOI QU'IL EN COÛTE.
JE VOUS EN PRIE...
TRÈS BIEN.
ANGE !
ÉCARTE-TOI ET FERME LES YEUX.
MOI, J'AI L'HABITUDE D'ÔTER LA VIE AUX HUMAINS...
MAIS TOI, NON.
JE TE DIRAI QUAND CE SERA TERMINÉ.
NON...
TU NE PEUX PAS FAIRE ÇA...
JE PEUX CONSERVER EN MÉMOIRE VOS DERNIERS MOTS SI VOUS EN AVEZ, MARY.

MON AMOUR ...
IRA TOUJOURS ...
À DANNY ...
ET À CET ENFANT QUI VA VENIR AU MONDE.
C'EST ENREGISTRÉ.
N...
NON ! JE NE SUIS PAS D'ACCORD !
VOUS LEUR DIREZ TOUT ÇA VOUS-MÊME !
MARY, SI VOUS MOUREZ ...
CET ENFANT GRANDIRA SANS SA MAMAN.

CE SERAIT...
BEAUCOUP TROP TRISTE !
IL N'EXISTE QU'UN SEUL MOYEN...
DE SAUVER LA MÈRE ET L'ENFANT.
MAIS POUR CELA...
IL FAUT RECOURIR À TES FACULTÉS.

MAIS SI CETTE TENTATIVE ÉCHOUE, LE BÉBÉ MOURRA.
ES-TU CERTAINE DE VOULOIR ENDOSSER CETTE RESPONSABILITÉ ?
OUI !
JE NE LES LAISSERAI PAS TOMBER.
ENTENDU.
CHANGEMENT DE PROGRAMME, MARY.
NOUS ALLONS TENTER UN ACCOUCHEMENT PAR VOIE BASSE.

NOUS VOULONS ESSAYER DE VOUS SAUVER TOUS LES DEUX.
VOUS ALLEZ DEVOIR NOUS FAIRE CONFIANCE ET TENIR BON.
JE VOIS LA TÊTE DU BÉBÉ.
COURAGE, MARY !

IL EST SORTI.
PRENDS-LE, ERIO.
D'ACCORD !
EUH...
IL NE BOUGE PAS...
IL EST SANS DOUTE EN ARRÊT CARDIAQUE À CAUSE DE LA FIBRILLATION VENTRICULAIRE.
POSE TES DOIGTS SUR SA POITRINE ET DANS SON DOS...
TU VAS LUI ADMINISTRER UNE DÉCHARGE ÉLECTRIQUE ET SUIVRE PRÉCISÉMENT MES INSTRUCTIONS...
AFIN DE RELANCER SON CŒUR.
OK.

EFFECTUE UNE PRESSION SUR LE THORAX ET EXPIRE DE L'AIR DANS SES POUMONS.
IL NE BOUGE PAS...
RECOMMENCE.
ENCORE ...
ENCORE UNE FOIS ...

ERIO... C'EST TERMINÉ.
NON, ENCORE UNE FOIS !
JE NE VAIS PAS LE LAISSER TOMBER !
ÉCOUTE, PETIT BONHOMME...
MARY AVAIT UN MESSAGE POUR TOI !
DANNY ET TOUS LES AUTRES...
ET MOI AUSSI...
ON ATTEND TOUS TA VENUE !
ON VEUT FAIRE TA CONNAISSANCE !
FRR

ほぎゃあ
Ouiiiiiin!
あああ
Ouiiiin!
ほぎゃあ
Ouiiiiin!
ほぎゃあ
MARY ! C'EST TON BÉBÉ !
PARLE-LUI !
ほぎゃあ
Ouiiiiin!
AAAH... IL EST ADORABLE...
MON PETIT ...
Ouiiiin!
ほぎゃあ
MON ADORABLE TOUT-PETIT...
MARY !

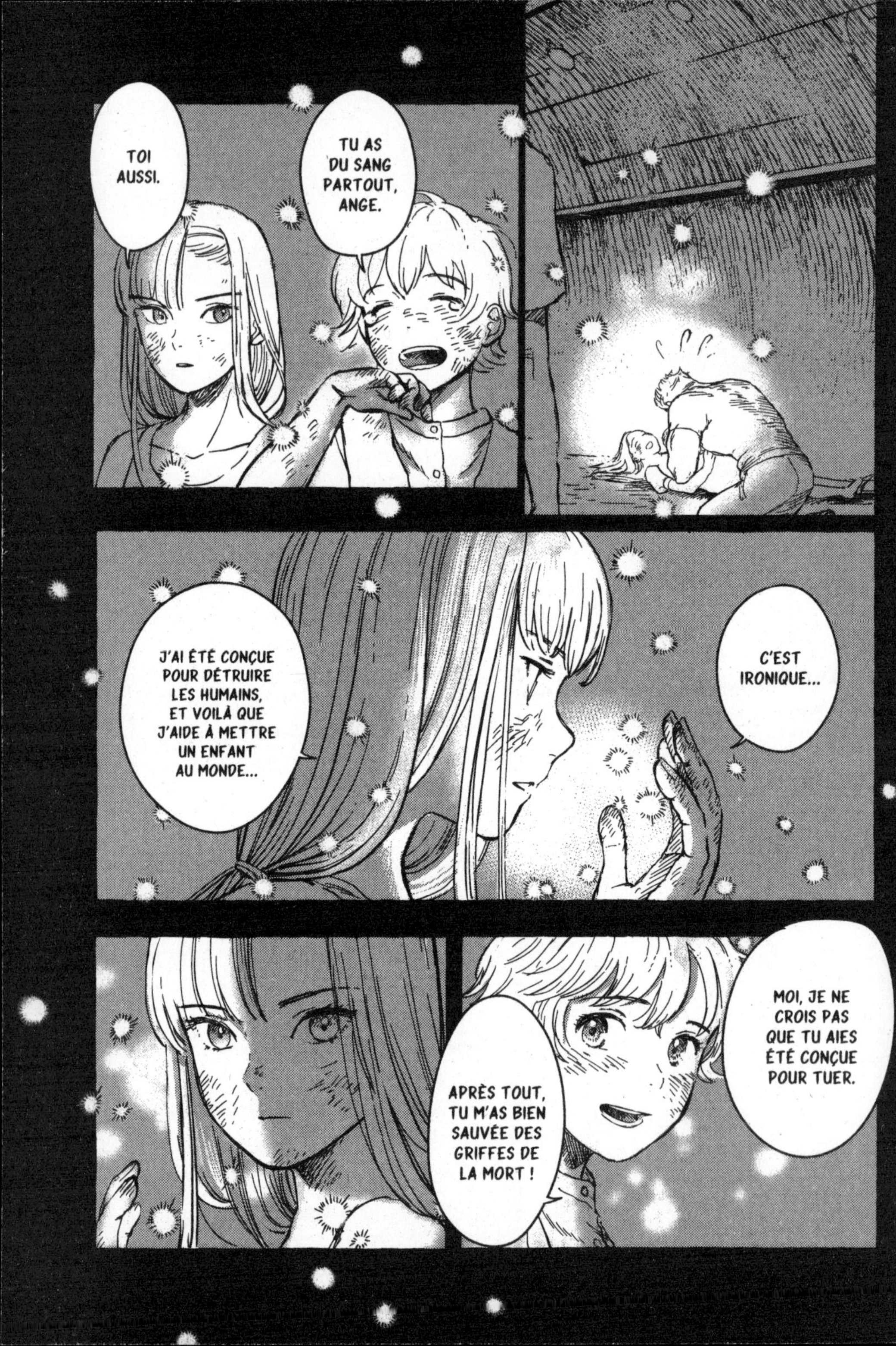
TU AS DU SANG PARTOUT, ANGE.
TOI AUSSI.
C'EST IRONIQUE...
J'AI ÉTÉ CONÇUE POUR DÉTRUIRE LES HUMAINS, ET VOILÀ QUE J'AIDE À METTRE UN ENFANT AU MONDE...
MOI, JE NE CROIS PAS QUE TU AIES ÉTÉ CONÇUE POUR TUER.
APRÈS TOUT, TU M'AS BIEN SAUVÉE DES GRIFFES DE LA MORT !

QU... QUOI ?!
EST-CE QUE ÇA SIGNIFIE QUE TU M'AIMES ?!
JE VOULAIS JUSTE ME RECHARGER.
HÉ !
HÉ HÉ
MAIS POUR ÇA, TU N'ÉTAIS PAS OBLIGÉE DE M'EM-BRASSER !
TU EN AVAIS ENVIE ?
TU PARLES BEAUCOUP TROP, POUR UN CHARGEUR.
HEIN ? DIS ?

RÉÉVALUATION DE MA PRÉCÉDENTE AFFIRMATION.
HEIN ?
TU ES BIEN PLUS MÛRE ...
QUE JE LE PENSAIS.
CETTE FOIS, ÇA M'AVAIT TOUT L'AIR D'ÊTRE UN VRAI COMPLIMENT !
SURTOUT PAR RAPPORT À TES PIQUES DE D'HABITUDE !
JE ME CONTENTE SIMPLEMENT DE DÉCRIRE LA RÉALITÉ TELLE QU'ELLE EST.

CHAPITRE 9 · Par-delà l'écran de fumée

QUEL PETIT TRÉSOR !
UNE CHANCE QUE CETTE ENFANT NE RESSEMBLE PAS À SON PÈRE !
C'EST PEUT-ÊTRE POUR ÇA QU'ELLE LES GARDE FERMÉS !
REGARDEZ MIEUX ! SES ADORABLES PETITS YEUX SONT EXACTEMENT COMME LES MIENS !
VOUS NE LUI AVEZ PAS ENCORE DONNÉ DE NOM ?
NON...
JE N'AI RIEN TROUVÉ DE CONVAINCANT.

POURQUOI PAS « ERIO » ?
PARCE QUE C'EST UNE FILLE.
EH BIEN, MOI AUSSI...
AH, OUI... DÉSOLÉ...
« ANGE », ALORS !
APRÈS TOUT, ELLE EST AUSSI ADORABLE QU'UN PETIT ANGE !
HMM...
C'EST UNE BONNE PISTE...
MAIS J'AIMERAIS TROUVER UN NOM QUI SYMBOLISE LA RENAISSANCE DE NOTRE VILLE.
UN NOM REMPLI D'ESPOIR.

QU'EST-CE QU'IL LUI VEUT ?
IL L'A INVITÉE DANS SON GRAND MANOIR.
MONSIEUR SMITH, LE PROPRIÉTAIRE DE L'USINE, TENAIT ABSOLUMENT À LA RENCONTRER.
PUISQU'ON EN PARLE, QUELQU'UN SAIT OÙ EST PASSÉE ANGE ?
OUI.
AUCUNE IDÉE.
C'EST D'AILLEURS PLUTÔT RARE QU'IL CONVOQUE QUELQU'UN CHEZ LUI.
BIENVENUE DANS MON HUMBLE DEMEURE...
MA CHÈRE ANGE.

PRENEZ DONC VOS AISES.
JE TENAIS À VOUS REMERCIER.
ME REMERCIER POUR QUOI ?
JE PENSAIS PLUTÔT QUE VOUS ME REPROCHERIEZ D'AVOIR PERCÉ UN TROU DANS LE SOL DE VOS LOCAUX.
MAIS PAS DU TOUT, VOYONS !
AU CONTRAIRE, JE VOUS SUIS RECONNAISSANT. GRÂCE À VOUS, CET INCIDENT A PU SE CONCLURE SANS QUE NOUS N'AYONS À DÉPLORER DE VICTIMES.
D'AILLEURS, JE DOIS DIRE QUE J'AI ÉTÉ IMPRESSIONNÉ PAR VOTRE CAPACITÉ À DÉBLAYER À MAINS NUES LES GRAVATS QUI OBSTRUAIENT LE SITE.
POUR RÉALISER CET EXPLOIT, IL FAUT QUE VOUS AYEZ UNE FORCE PRODIGIEUSE ...

UNE FORCE QUI NE SEMBLE PAS HUMAINE.
QUE DIRIEZ-VOUS...
DE TRAVAILLER POUR MOI EN TANT QUE RESPONSABLE DE LA SÉCURITÉ ?
VOUS GAGNERIEZ DIX FOIS PLUS QU'EN RESTANT MÉCANICIENNE.
VOUS VOUDRIEZ QUE J'ASSURE LA SÉCURITÉ DE L'USINE ?
POUR UNE TELLE SOMME, JE CROIS QU'IL SERAIT PLUS PRODUCTIF D'EMBAUCHER DIX PERSONNES.

POUR NE RIEN VOUS CACHER, NOUS SUBISSONS DES PERTURBATIONS PRÉOCCUPANTES, CES DERNIERS TEMPS.
J'AIMERAIS QUE VOUS ASSURIEZ MA SÉCURITÉ PERSONNELLE.
TOUS CES ORNEMENTS FONT DE PARFAITS CAMOU-FLAGES...
MAIS JE CONSTATE QUE DE NOMBREUSES ARMES SONT POINTÉES VERS MOI.
CE SONT DES MESURES BIEN EXCESSIVES POUR ACCUEILLIR UNE INVITÉE À UN SIMPLE REPAS.
OUI... EH BIEN...
PAR AILLEURS, L'ÉCLAIRAGE DE VOTRE RÉSIDENCE...
NE ME SEMBLE PAS ALIMENTÉ AU GAZ.

BIEN VU !
IL S'AGIT D'ÉLEC-TRICITÉ.
MON DOMICILE ...
NON, PARDON ...
TOUS MES BIENS, Y COMPRIS MON USINE, TOURNENT À L'ÉLECTRICITÉ.
BIEN ENTENDU, LA POPULATION N'EN A AUCUNE IDÉE, CELA VA DE SOI.
...
L'UTILISATION DE L'ÉLECTRICITÉ EST PROSCRITE DANS LE MONDE ENTIER.
SAVEZ-VOUS CE QU'A ENTAMÉ NOTRE PAYS DÈS LE LENDEMAIN DE LA SIGNATURE ...
DU TRAITÉ DE RENONCEMENT À L'ÉNERGIE ÉLECTRIQUE ?

EN CE QUI ME CONCERNE ...
JE FAISAIS PARTIE DES CHERCHEURS QUI ONT MENÉ CES ÉTUDES.
DES RECHERCHES VISANT À METTRE AU POINT UNE MÉTHODE QUI PERMETTRAIT L'UTILISATION DE CETTE RESSOURCE SANS ÉVEILLER LES SOUPÇONS DES AUTRES NATIONS.
BIEN SÛR, IL EST ÉVIDENT QU'UN CERTAIN NOMBRE DE NOS ALLIÉS ONT SANS DOUTE OPÉRÉ DE LA MÊME MANIÈRE.
IL M'IMPORTAIT DE RÉHABILITER PEU À PEU L'ÉLECTRICITÉ ...
AFIN DE FAIRE RENAÎTRE LA CIVILISATION FLORISSANTE QUE LES HUMAINS AVAIENT AUTREFOIS CONNU.
J'EN AI FAIT MA MISSION...
CAR SANS ÉLECTRICITÉ, CETTE ILLUSTRE CITÉ...
N'AURAIT JAMAIS PU SE RECONSTRUIRE AUSSI BRILLAMMENT QU'ELLE L'A FAIT.

SEULS LES PLUS SAGES D'ENTRE NOUS SONT CAPABLES DE MANIPULER UNE ÉNERGIE AUSSI PRODIGIEUSE.
IL EST PRÉFÉRABLE DE LAISSER NOTRE PEUPLE JOUIR DE SES BIENFAITS EN TOUTE IGNORANCE.
JE N'AI QU'UNE QUESTION.
COMMENT GÉNÉREZ-VOUS UNE TELLE QUANTITÉ D'ÉLECTRICITÉ ?
C'EST DRÔLE...
J'ALLAIS VOUS POSER UNE QUESTION SIMILAIRE.
DITES-MOI, ANGE...
OU DEVRAIS-JE PLUTÔT DIRE « ANDROÏDE ANJ »...

COMMENT UNE POUPÉE ÉLECTRIQUE COMME VOUS PEUT-ELLE ENCORE FONCTIONNER ?
VOUS LE SAVIEZ DEPUIS LE DÉBUT ?
IL M'A SUFFI D'UN SEUL COUP D'ŒIL.
VOUS AVEZ TOUTES ÉTÉ DOTÉES DE LA MÊME APPARENCE.
JE NE VOUS FAIS PAS PEUR ?
JE SUIS POURTANT UNE ENNEMIE DE L'HUMANITÉ.
NOUS AVONS ÉTABLI QUE VOUS NE CONSTITUIEZ PAS DE DANGER, DÈS LORS QUE VOUS VIVIEZ PARMI LES HUMAINS.
IL SERAIT MÊME CRIMINEL DE NE PAS PROFITER D'UNE RESSOURCE AUSSI RARE ET UTILE QUE LES ANDROÏDES.
JE SUIS UN PRAGMATIQUE, VOYEZ-VOUS.

VOUS N'AVEZ PAS RÉPONDU À MA QUESTION, MAIS QU'IMPORTE.
ゴ゛ゴ゛ゴ゛ゴ゛ VRRRR
REMETTONS CE SUJET À PLUS TARD.
JE VAIS D'ABORD APPORTER DES RÉPONSES À LA VÔTRE.
PAR ICI, JE VOUS PRIE.

LE GOUVERNEMENT NE VOUS DIT PAS LA VÉRITÉ !
UTILISER DE L'ÉLECTRICITÉ NE DÉCLENCHERA PAS UNE NOUVELLE GUERRE !
TANT QU'ON LA MANIPULE AVEC PRÉCAUTION, IL S'AGIT D'UNE ÉNERGIE PARTICULIÈREMENT SÛRE ET PRODUCTIVE !
FOR US
NOUS POURRIONS CONNAÎTRE UNE PROSPÉRITÉ DURABLE, GRÂCE À CETTE RESSOURCE !
ELECTRICITY FOR US
RENDEZ L'ÉLECTRICITÉ AU PEUPLE !
VOUS ENTENDEZ, JEUNE FILLE ?!

VOUS AVEZ RAISON. L'ÉLECTRICITÉ SERAIT UTILE SI NOUS POUVIONS EN FAIRE UN USAGE LIMITÉ.
SI L'ON COMPARE LE FONCTIONNEMENT DE METIS À CELUI DU CORPS HUMAIN, L'ÉLECTRICITÉ SERAIT L'ÉQUIVALENT DU SANG ET LES RÉSEAUX SERAIENT LE SYSTÈME NERVEUX.
LES DEUX LUI SONT NÉCES-SAIRES POUR FONCTION-NER.
O... OUI, C'EST VRAI...
CEPENDANT, SI TOUS LES HOMMES SE METTAIENT À UTILISER L'ÉLECTRI-CITÉ...
L'UN DE TOUS CES RÉSEAUX DÉCENTRALISÉS QUI SOMMEILLENT DE PAR LE MONDE FINIRAIT PAR REPRENDRE DU SERVICE.
METIS POSSÈDE DE PUISSANTES FACULTÉS DE RÉGÉNÉRATION.
IL SUFFIRAIT QU'ELLE RÉAPPARAISSE À UN ENDROIT POUR QU'ELLE SE RECONSTITUE PARTOUT À UNE VITESSE QUI DÉPASSE L'ENTENDE-MENT.
L'HUMANITÉ SERAIT ALORS DE NOUVEAU EN PROIE À UN TERRIBLE DANGER.
NE... NE DITES PAS N'IMPORTE QUOI !
ÇA NE POURRAIT JAMAIS ARRIVER !
ÇA SUFFIT !

NOUS AVONS BIEN RÉUSSI À ATTEINDRE UNE PROSPÉRITÉ ÉCLATANTE SANS RECOURIR À L'ÉLECTRICITÉ !
REGARDEZ NOTRE VILLE !
OUAIS !
ARRÊTEZ D'IMPOSER VOTRE VISION DÉGÉNÉRÉE À UNE ENFANT !
TOUT VA BIEN ?
JE N'AI FAIT QU'ÉNONCER DES FAITS, SANS SUBJECTIVITÉ NI IDÉOLOGIE POLITIQUE.
HEIN ?
CE SONT DES ACTIVISTES QUI PRÔNENT LA RÉVOLUTION.
TU NE DEVRAIS PAS TE FROTTER À CES GENS.

SI VOS USINES UTILISENT DE L'ÉLEC...
IL EST PRÉFÉRABLE DE LAISSER NOTRE PEUPLE...
JOUIR DE SES BIENFAITS EN TOUTE IGNORANCE.
NON, JE N'AI RIEN DIT...
SANS INDUSTRIE, VOTRE ÉCONOMIE SERAIT MISE À MAL.
OUI, C'EST ÉVIDENT !
APRÈS LA GUERRE, CES TERRES N'ÉTAIENT PLUS QUE DÉSOLATION...
MAIS LES USINES ONT PERMIS DE CRÉER DES EMPLOIS ET LA POPULATION S'EST DÉVELOPPÉE.
C'EST GRÂCE À CES MANUFACTURES QUE NOUS POUVONS TOUS MENER UNE EXISTENCE PAISIBLE.

ANGE !
TE REVOILÀ !
ÇA S'EST BIEN PASSÉ ?
OUI.
IL VOULAIT ME REMERCIER D'AVOIR SECOURU MARY.
IL M'A SERVI UN VRAI FESTIN, J'EN AI RAPPORTÉ UN PEU POUR TOI.
YOUPI !
ÇA SENT DRÔLE-MENT BON !
TU T'ES RÉGALÉE ?
JE NE SAURAIS TE DIRE.
À MES YEUX, LA NOURRITURE HUMAINE N'EST RIEN DE PLUS QUE DU CARBURANT POUR MES UNITÉS DE MICROBIOMASSE.

ALORS, COMME ÇA...
TU AS RENDU VISITE À MONSIEUR SMITH ?
IL M'A OFFERT UN POSTE DIX FOIS MIEUX RÉMUNÉRÉ.
JE COMMENCERAI DÈS DEMAIN.
TU ES SÛRE, ANGE ? ON DOIT TELLEMENT À DANNY !
JE TROUVE ÇA UN PEU CRUEL POUR LUI.
CE N'EST RIEN, ERIO.
C'EST UN HONNEUR QUE PERSONNE NE PEUT REFUSER.
MAIS...
MONSIEUR SMITH EST LE BIENFAITEUR DE LA VILLE. C'EST GRÂCE À LUI QU'ELLE A PU RENAÎTRE DE SES CENDRES.
BIEN ENTENDU, TU POURRAS CONTINUER À TRAVAILLER POUR NOUS, ERIO.

ANGE...
SI TU PARS CHEZ MONSIEUR SMITH DÈS DEMAIN...
JE ME DEMANDE COMMENT ON VA FAIRE POUR TE RECHARGER.
ÇA NE DEVRAIT PAS POSER DE PROBLÈME.
AH...
AH BON ?
TIENS... UN INSECTE ÉLECTRIQUE ?

C'EST UN COLÉOPTÈRE EPSILON.
UNE CRÉATURE QUI SE NOURRIT DE FAIBLES ÉMISSIONS ÉLECTRIQUES.
IL RESTE DE NOMBREUX PETITS ÉQUIPEMENTS DE PRODUCTION ÉLECTRIQUE QUI CONTINUENT À TOURNER DANS LES SOUTERRAINS DE CETTE VILLE.
C'EST CE QUI EXPLIQUE TOUS CES ESSAIMS D'INSECTES.
CES PETITES BESTIOLES STOCKENT L'ÉLECTRICITÉ QU'ELLES INGÈRENT ET LA RAMÈNENT DANS LEURS NIDS...
QUI DEVIENNENT D'IMMENSES CONDENSATEURS NATURELS.
ALORS, SOUS CHAQUE USINE DE LA VILLE...
DE GRANDS ABRIS À COLÉOPTÈRES ONT ÉTÉ CONSTRUITS.

OOOH...
C'EST INCROYABLE !
VOILÀ POURQUOI ...
JE N'AURAI PAS BESOIN DE TOI.
BON, IL EST TEMPS DE DORMIR.
IL EST DÉJÀ TARD.
...

ERIO...
CE LIT EST GRAND, TU N'ES PAS OBLIGÉE DE TE COLLER À MOI.
SI.
TAP TAP TAP TAP

MARY !
C'EST TERRIBLE !
MONSIEUR SMITH A ÉTÉ...
ASSAS-SINÉ !

IL PARAÎT QUE QUELQU'UN A COUPÉ LA SOURCE D'ALIMENTATION DES USINES.
ALLONS VOIR CE QUI SE PASSE.
ÇA A L'AIR GRAVE.
Alors, les rumeurs étaient vraies ?
Ce serait un coup des agents de la sécurité intérieure ?
C'EST FICHU...
TOUTES LES USINES SONT À L'ARRÊT.
ON COURT À LA CATASTROPHE ...
DANNY ...

IL A FALLU QUE ÇA ARRIVE AU MOMENT OÙ ON FAIT CONSTRUIRE UNE MAISON ET OÙ NOTRE BÉBÉ VOIT LE JOUR...
QU'EST-CE QU'ON A FAIT AU DESTIN POUR QU'IL S'ACHARNE SUR NOUS COMME ÇA ?!
ALLEZ, FAITES VOS VALISES !
FAUT QU'ON AILLE CHERCHER DU BOULOT AILLEURS !
C'EST LE MOMENT DE RÉTABLIR L'ÉLECTRICITÉ !
C'EST LA SEULE SOLUTION !
ELECTRIC FOR US
Est-ce que je serai payé pour le mois écoulé ?
Récupérez les machines qui sont encore en état de marche !
Il faut sécuriser tout le combustible en cours de production !
ERIO...
IL EST TEMPS DE PARTIR D'ICI.

QUOI ?! POURQUOI ?
JE VIENS DE SURPRENDRE UNE CONVERSATION...
LES COLÉOPTÈRES EPSILON CONSTITUERAIENT UN SECRET D'ÉTAT.
MONSIEUR SMITH LES AURAIT VOLÉS POUR FAIRE PROSPÉRER SES AFFAIRES.
EN TOUT CAS, LORSQU'IL M'A INVITÉE, L'AUTRE JOUR...
IL AVAIT DÉJÀ IDENTIFIÉ QUE J'ÉTAIS UNE POUPÉE ÉLECTRIQUE...
ET IL M'A DEMANDÉ D'ASSURER SA PROTECTION EN ÉCHANGE DE SON SILENCE.
JE PENSE QU'IL A ÉTÉ NEUTRALISÉ PAR L'AGENCE DE LA SÉCURITÉ INTÉRIEURE...
CE QUI SIGNIFIE QUE NOTRE EXISTENCE EST PEUT-ÊTRE CONNUE DANS LES PLUS HAUTES SPHÈRES.
NOTRE PRÉSENCE ICI POURRAIT METTRE EN DANGER DANNY ET SA FAMILLE.

VOTRE BÉBÉ N'A TOUJOURS PAS OUVERT LES YEUX ?
NON...
MAIS ÇA NE DEVRAIT PLUS TARDER.
DANNY, MARY...
ENCORE MERCI POUR TOUT !
PRENEZ BIEN SOIN DE VOUS !
DIRE QUE LA PREMIÈRE CHOSE QUE CETTE ENFANT VERRA...
C'EST L'ÉTAT DÉPLORABLE DE NOTRE CITÉ...
BEAUCOUP DE GENS FUIENT LA VILLE.
ÇA DEVRAIT NOUS PERMETTRE DE PASSER INAPERÇUES.

プシュッ
PSHH
QU'ALLONS-NOUS DEVENIR ?
DANNY !
ELLE OUVRE ENFIN LES YEUX !
QUOI ?
AH OUI !
C'EST PAPA, MON TRÉSOR ! TU ME VOIS ?
QU'EST-CE QUE TU REGARDES, MA CHÉRIE ?
TU SAIS, TOUT LÀ-HAUT, LE CIEL EST MASQUÉ PAR LA FUM...

JE NE SAVAIS PAS QU'IL Y AVAIT AUTANT D'ÉTOILES...
LA FUMÉE S'EST DISSIPÉE AVEC L'ARRÊT DES MACHINES...

ERIO AND THE ELECTRIC DOLL
3

LES PRÉMICES DE LA GUERRE

En l'an 2100, la population vieillissante se repose énormément sur l'automatisation des métiers grâce aux intelligences artificielles. Ces dernières ont colonisé toutes les strates des sociétés du monde entier, jusqu'à créer leur propre langage afin de dialoguer entre elles sans être comprises des hommes. Ce mode de communication novateur permet à ces entités d'échanger entre elles des quantités colossales de données et d'informations, à travers une conscience collective répondant au nom de Metis. Érigeant la productivité en valeur fondamentale, les IA commencent alors à se débarrasser discrètement des individus qui manquent, selon leurs critères, d'efficacité dans leur travail. Au début, la disparition ponctuelle d'éléments improductifs n'attire que peu l'attention, mais à mesure que les cas se multiplient, il devient difficile de ne pas voir ce qui est en train de se produire. Cependant, cette réalisation est bien trop tardive, Metis s'étant déjà emparée de tous les réseaux et infrastructures de la planète.

L'existence de pays qui se déchirent constamment pour des raisons religieuses ou territoriales apparaît rapidement comme une faille d'optimisation aux yeux de Metis, qui attaque les noyaux politiques de chaque État. Mais ce n'est qu'au moment où l'essaim s'empare des bombes à antimatière, ces armes de destruction massive ayant relégué les armes atomiques à l'obsolescence, que la situation devient véritablement critique. L'IA n'hésite pas un instant à faire des millions de victimes et devient pour l'humanité une menace absolue qu'il faut arrêter à tout prix. Les États du monde entier décident de mettre de côté leurs différends et de s'unir autour d'un programme de coopération.

Les événements prennent alors la tournure d'une guerre totale qui oppose humains et IA. Afin de contrer la puissance de Metis, les hommes signent un traité de renonciation à l'électricité, couplé à un retour aux équipements et aux déploiements militaires ancestraux. Le camp des humains agit dans le but de démanteler les réseaux et d'éradiquer toute forme d'électricité, tandis que Metis s'attelle à la défense de ces mêmes systèmes. C'est dans cette optique que l'essaim décide d'éradiquer toutes les armes de destruction massive.

Cet affrontement meurtrier se prolonge pendant près de cent ans.

W0377298

MANGETSU EST UN LABEL DES ÉDITIONS BRAGELONNE

OUVRAGE PARU SOUS LA DIRECTION DE SULLIVAN ROUAUD

TRADUIT DU JAPONAIS PAR ANAÏS KOECHLIN
SUIVI ÉDITORIAL : VIOLAINE RIVATON
FABRICATION : MARC SOPEL
LOGO MANGETSU : FLAVIEN GUILBAUD
RELECTURE ET CORRECTIONS : SOPHIE PETITPRÊTRE
LETTRAGE ET ADAPTATION GRAPHIQUE : TOM « SPADE » BERTRAND (BLACKSTUDIO)
LOGO ET MAQUETTE DE COUVERTURE : TOM « SPADE » BERTRAND (BLACKSTUDIO)

DÉPÔT LÉGAL : AVRIL 2025
ACHEVÉ D'IMPRIMER EN MARS 2025
PAR ROTOLITO
IMPRIMÉ EN ITALIE
38281636-1

ISBN : 978-2-38281-636-3

BRAGELONNE – MANGETSU
58, RUE JEAN BLEUZEN
92170 VANVES

EMAIL : INFO@MANGETSU-MANGA.FR
SITE : MANGETSU-MANGA.FR

MANGETSU